中国最具影响力的励志读本

5 第五卷

一则故事改变一生

梦想花开

◎小故事大智慧·小幽默大道理·小视角大意境◎

未来出版社
FUTURE PUBLISHING HOUSE

图书在版编目（CIP）数据

意林.第5卷/秉礼，顾平主编.—西安：未来出版社，2008.11
（2012.9重印）
ISBN 978-7-5417-3700-8

Ⅰ.意… Ⅱ.①秉…②顾… Ⅲ.散文—作品集—世界 Ⅳ.I16

中国版本图书馆CIP数据核字（2008）第174107号

一则故事改变一生 梦想花开

选题策划	尹秉礼　顾　平
丛书统筹	陆三强　陆　军
责任编辑	张中民
特约编辑	陈　凡
美术编辑	董晓明　李　倩
技术监制	陈　刚　宇小玲
发行总监	董晓明　李振红
封面设计	大象设计
出版发行	未来出版社出版发行
	地址：西安市丰庆路91号　邮编：710082
	电话：029-84298551　84288355
经　销	全国各地新华书店
印　刷	天水新华印刷厂
开　本	787mm×1092mm　1/16
印　张	10
字　数	100千字
版　次	2012年1月第2版
印　次	2012年9月第4次印刷
书　号	ISBN 978-7-5417-3700-8
定　价	16.80元

启　事

本书编选时参阅了部分报刊和著作，我们未能与部分作品的作者取得联系，在此深表歉意。请作者见到本书后及时与我们联系，以便按国家相关规定支付稿酬及赠送样书。

地址：北京市朝阳区南磨房路37号华腾北搪商务大厦1501室编辑部（100022）

电话：010—51908602

版权所有　翻印必究
（如发现印装质量问题，请与承印厂联系退换）

目 录

第一辑 梦想花开

为梦想打工……………………………………马韧锋 / 002
期待岳纳珊………………………………………吴淡如 / 004
你能实现梦想……………（美）维吉尼亚·萨迪尔 译/徐 娜 / 006
意外的良机………………………（英）简·卡鲁 译/许 力 / 008
先进去再说………………………………………岳晓东 / 010
一个商人的第一笔交易…………………………译/江 楠 / 012
向儿子学习………………………（美）丹尼尔·肯尼迪 / 014
改变一生的四个字………………………………鲍比·格林 / 016
没有热情能打动谁………………（美）乔·泽尔曼 译/孙 奇 / 018

第二辑 人生坐标

儿子的鱼……………………（加拿大）P·珀金斯 译/王 悦 / 022
自己开门……………………………………………葛文娟 / 024
握紧木棒的黑孩子………………（美）R·赖特 译/李世勇 / 025
亲爱的小孩…………………………………………莫小米 / 028
珍贵的东西慢慢成长………………………………黄小平 / 029

一则故事 改变一生

怀疑自己的代价…………………（美）诺拉·卜罗费特 译/何 卿/030

如果"完美"在悄悄发酵………………………………（美）梦 苑/033

砍掉那双"完美的手"……………………………………英 涛/035

这里躺着一个胆小的勇士…………………………………聂 茂/036

感觉活着……………………………………………………胡守文/039

第三辑 成功之道

丑男走红……………………………………………………蔡玉明/042

握 手………………………………………………………吴所谓/044

意料之外的成功………………………………格丽斯 译/王 悦/045

最宝贵的一门课……………………………………………雷泰平/048

改变你的策略………………………………………………陬 人/050

牛仔的故事……………………………………………赖恩·温吉特/051

低姿态进入…………………………………………………流 沙/054

东方女超人"周凯旋"………………………………………流 云/056

用比自己更优秀的人………………………………………蒋光宇/058

向下走的境界………………………………………………刘克升/060

第四辑 智慧开路

能打开所有门的钥匙…………………………………… 蔡一峰 / 062

成熟的谷穗懂得弯腰…………………………………… 戈文秀 / 063

奔走的蚂蚁……………………………………………… 佚　名 / 065

到别处去寻找肥肉……………………………………… 张小失 / 066

巴顿选人………………………………………………… 翁林景 / 067

"隐藏"苏伊士运河的启示……………………………… 李光乾 / 068

谁能舍弃一个瓶子……………………………………… 佚　名 / 069

强盗箴言………………………………………………… 紫　塞 / 070

选择拯救………………………………………………… 佚　名 / 071

令人惊叹的洞察力……………………………………… 朱华贤 / 072

把名字写在灯笼上……………………………………… 董中怡 / 073

思维能倒转吗…………………………………………… 姜维群 / 074

第五辑 心灵妙方

安琪拉的心语…………………………………………… 芭芭拉 / 076

一则故事 改变一生

在心灵最微妙的地方……………………………………………… 刘　埔 / 077

比征服者更有力……………………………………………………… 小　七 / 080

暗　示………………………………………………………………… 佚　名 / 081

谁得到了那块玉…………………………………………………… 阎　红 / 082

善断者强健…………………………………………………………… 佚　名 / 083

人不能没有行善的地方…………………………………………… 刘燕敏 / 084

一块钱的坚定……………………………………………………… 钱　森 / 085

贫与穷………………………………………………………………… 曼　联 / 086

你带什么上孤岛…………………………………………………… 吕　跃 / 087

两种坚强……………………………………………………………… 钟洁玲 / 088

第六辑 暖心之爱

最感人的一句话…………………………………………………… 陆勇强 / 090

牙　齿………………………………………………………………… 蒋小栋 / 092

最勇敢的妈妈……………………………………… 戴维·贾内利 译/王悦 / 093

最后的善良………………………………………………………… 王虹莲 / 096

红头巾……………………………………………… Renata Cheyna 译 / 梅以 / 098

神圣的沉静……………………………………………刘心武 / 100

祖父坐在你们中间……………………………………张丽钧 / 102

爸爸妈妈，我没事……………………………………译 / 关月阑珊 / 103

拾瓶记……………………（美）南茜·贝内特 译 / 汪新华 / 106

爱仅一板之隔…………………………………………尤 今 / 108

为爱选择遗忘…………………………………………曾 莉 / 109

第七辑 水晶恋情

碎在上海的玻璃心……………………………………小 羽 / 113

把什么遗忘在了必胜客………………………………叶 萱 / 116

松鼠之爱………………………………………………榛 生 / 118

意外情人…………………………………莉萨·桑德斯 / 120

宝贝别流泪……………………………………………徐 彦 / 122

断 箭…………………………………………………郭 葭 / 126

缘分天空的两端………………………………………江 航 / 128

火百合没有"眼泪"…………………………………优 游 / 130

一则故事 改变一生

第八辑 丛林物语

豹王之死…………………………………… 陈　俊 / 134

相濡以沫…………………………………… 亦　夫 / 138

令人难忘的独眼牛………………………… 佚　名 / 139

母爱无价…………………………………… 高毅默 / 144

流泪的鳄鱼………………………………… 佚　名 / 146

羊与狼的定律……………………………… 黄　毅 / 148

战　胜……………………………………… 牟丕志 / 150

与老虎竞争的猴子………………………… 王广田 / 152

第一辑

梦想花开

花季种下美丽的梦想，

辛勤的浇灌，

只为梦想花开，开遍山野。

如果注定只能遭遇，

秋的寒瑟，冬的冷漠，

那就从容地等待花落。

生命的长度无法选择，生命的深度却在于我们的梦想和实践梦想的决心。

为梦想打工

◎马韧锋

齐瓦勃出生在美国乡村，只受过很短的学校教育。15岁那年，家中一贫如洗的他就到了一个山村做了马夫。然而，雄心勃勃的齐瓦勃无时无刻不在寻找着新的机遇。

三年后，齐瓦勃来到了钢铁大王卡内基属下的一个建筑工地打工。一踏进建筑工地，齐瓦勃就下定了决心，要做同事中最优秀的人。当其他工人在抱怨工作辛苦、薪水太低而怠工时，齐瓦勃都在默默地积累着工作经验，并自学建筑知识。

一天晚上，同伴们都在闲聊，唯独齐瓦勃躲在角落里看书。恰巧公司经理到工地检查工作，经理看了看齐瓦勃手中的书，又翻了翻他的笔记本，什么也没说就走了。第二天，经理把齐瓦勃叫到办公室，问道："你学那些东西干什么？""我想我们公司并不缺少打工者，缺少的是既有工作经验又有专业知识的技术人员或管理人员，对吗？"齐瓦勃认真地回答。经理点了点头，不由得仔细打量起眼前这个貌不惊人的年轻人。不久，齐瓦勃就升为技师。打工的同伴中，有人讽刺挖苦齐瓦勃，他回答说："我不光是在为老板打工，更不单纯为了赚钱，我是在为自己的梦想打工，为自己的远大前途打工。我们只能在业绩中提升自己。我要使自己工作所产生的价值，远远超过所得的薪水，只有这样我才能得到重用，才能得到机遇。"抱着这样的信念，齐瓦勃一步步地升到了总工程师的职位上。25岁那年，齐瓦勃又做了这家钢铁公司的总经理，承担起建设公司最大的布拉德钢铁厂的重任。凭着非凡的努力，齐瓦勃于两年后成了这家工

厂的厂长,并逐渐成为卡内基钢铁公司的灵魂人物。几年之后,他被卡内基任命为钢铁公司的董事长。

齐瓦勃担任董事长的第七年,当时控制着美国铁路命脉地大财阀摩根,提出与卡内基联合经营钢铁。开始时,卡内基没理会。于是摩根放出风声,说如果卡内基拒绝,他就找当时居美国钢铁业第二位的贝斯列赫母钢铁公司联合。这下卡内基慌了,他知道贝斯列赫母与摩根联合,就会对自己的发展构成威胁。一天,卡内基递给齐瓦勃一份清单说:"按上面的条件,你去与摩根谈联合的事宜。"齐瓦勃接过来看了看,对摩根和贝列斯赫母公司的情况了如指掌的他微笑着对卡内基说:"你有最后的决定权,但我想告诉你,按这些条件去谈,摩根肯定乐于接受,但你将损失一大笔钱。看来你对这件事没有我调查得详细。"经过分析,卡内基承认自己过高地估计了摩根。卡内基全权委托齐瓦勃与摩根谈判,取得了对卡内基有绝对优势的联合条件。摩根感到自己吃了亏,就对齐瓦勃说:"既然这样,那就请卡内基明天到我的办公室来签字吧。"齐瓦勃第二天一早就来到了摩根的办公室,向他转达了卡内基的话:"从第51号街到华尔街的距离,与从华尔街到51号街的距离是一样的。"摩根沉吟了半晌说:"那我过去好了!"摩根从未屈就到过别人的办公室,但这次他遇到的是全身心投入的齐瓦勃,所以只好低下自己高傲的头颅。

后来,齐瓦勃终于自己建立了大型的伯利恒钢铁公司,并创下了非凡业绩,真正完成了他从一个打工者到创业者的飞跃。

003

给你最大幸福的人，也能给你带来莫大的痛苦。

期待岳纳珊

◎吴淡如

岳纳珊从小就是一只有志气的海鸥，打从第一次看见老鹰的飞行姿势以后，它就决定要飞得更高、飞得更远、飞得更好。

当它热切地爱上飞行之后，它就有点瞧不起自己庸庸碌碌的同伴了：那些日渐痴肥的海鸥，只懂得抢食游客们抛下的爆米花，为一两片马铃薯脆片大咬出嘴，只能捡拾浅滩上那些被海浪打上来的病鱼，已经无法用优美的喙俯冲进湛蓝的海洋中觅食。

所有的海鸥都退化得跟鸽子没有两样的时候，只有独一无二的岳纳珊还熟记海鸥的远祖们所传下来的训示：以最优雅的姿势飞翔，最敏捷的方式掠取食物，百发百中，不辱使命。

岳纳珊对自己深深感到自豪。

但是，完美也意味着寂寞。成功的鸟跟成功的人一样，都必须忍受孤独。

岳纳珊以海鸥有史以来破纪录的速度冲上云端，但它的同伴们并没有为它喝彩。它们一味低头争食面包屑，根本没有时间抬起头来。

高处不胜寒。没有掌声的成功徒使岳纳珊感到绝对的沮丧与落寞。伤心欲绝的它直想投海自尽……Wait！当岳纳珊看见那一双远眺它的眼睛时，它又重新恢复了生机。

地上有个小女孩，正用兴奋的口气对她的同伴说："看，那只海鸥好棒！我心目中的海鸥，应该是那个样子！"

如果上帝允许鸟儿掉眼泪的话，岳纳珊的泪水一定会像珍珠串一样从

空中抛下来。岳纳珊打起精神,又表演起俯冲的姿势——它像一枚炸弹一样笔直地掉下来,贴近海面,入水,轻巧地咬起一尾活蹦乱跳的小鱼。

女孩们忘情地鼓掌。

只有在这一刻,岳纳珊才觉得它的生命充满了意义。终于有人看见它的惊世之姿,确实是可歌可泣的一件事!

飞得越高,看得越远。岳纳珊很快就知道,女孩是到附近参加海滩夏令营的孩子。基于某种缘分,女孩一眼就看出岳纳珊的与众不同。没事时,她总会静静地坐在礁石上,欣赏岳纳珊的种种飞行技术。

如果鸟有表情的话,她一定会看见岳纳珊的兴奋与得意。

"太棒了!"虽然高飞在天际的岳纳珊不知道女孩在说些什么,但是它可以从她的嘴形读出某种嘉许的意义。于是,它更努力地飞翔了。那几天里,它创造了许多海鸥老祖先们想都没想到的姿势,并以老鹰做梦也想不到的速度冲进蓝天的怀抱。在它筋疲力尽表演的同时,一种奇妙的感觉第一次驻进它的心里,它想,它一定是爱上她了。虽然历史上从来没有一只鸟爱上一个人——这种奇特的组合从来是不被凡夫俗子所认可,是的,如果它坚持要爱下去,它注定要背负永远的伤痛,以余生怀想它的恋人,和他们相处的甜蜜时光。

眼看着夏令营已经接近尾声,孩子们正要收拾行囊回家。只待这一晚的营火晚会结束,它就再也看不到她会心的微笑,岳纳珊心急得不得了。至少它应该和她打一声招呼,或向她示好什么的,它的恋情尽管会无疾而终,但总不能在还没有表白的时候就结束。于是,害羞的岳纳珊作了它人生中最困难的一个决定,它主动从蓝天中轻轻地飞下来,停在女孩的肩头,女孩先是大吃一惊,然后愉快地笑了。

"我就知道,它的翅膀一定是最好吃的,因为它常常在飞。我爸爸告诉我,常常运动的部位,肌肉一定比较结实。"

在野地求生最后一夜的营火晚会上,孩子们决定制作海鸥大餐。女孩一边啃着美味的海鸥翅膀,一边对其他的孩子说。

人生路上有阻挡你梦想的砖墙，那是有原因的。这些砖墙让我们来证明我们究竟有多么想要得到我们所需要的。

你能实现梦想

◎（美）维吉尼亚·萨迪尔　译/徐　娜

5年前，我到南方乡村做福利工作。我要做的就是让每个人相信自己有自给自足的能力，并激励他们去实现自己的想法。

当我来到一个叫密阿多的小镇后，当地政府帮我召集了25个靠政府福利来生活的穷人。我和他们一一握手后，问他们的第一个问题是："你们有什么梦想？"每个人都用怪异的眼神看着我，好像我是外星人。

"梦？我们从来不做梦。做梦又不能让我们发财。"其中一个红鼻子寡妇回答我。

我耐心地解释道："有梦想不是做梦。你们肯定希望得到些什么，希望什么事情能突然实现，这就是梦想。"

红鼻子寡妇说："我不知道你说的梦想是什么东西。我现在最想赶走野兽，因为它们总是想闯进我家咬我的孩子。"大家都笑了起来。

我说："哦！你想过什么办法没有？"她说："我想装一扇牢固的、可以防御野兽的新门，这样我就可以出去安心干活了。"我问："有谁会做防兽门吗？"人群中一个有些秃顶的瘸腿男人说："很多年以前我自己做过门，现在恐怕都不会了。不过我可以试试。"接着我问大家还有什么梦想。一位单亲妈妈说："我想去大学里学文秘，可是没有人照顾我的6个孩子。"我问："有谁能照顾6个孩子。"

一位孤寡老太太说："我以前帮助别人带过不少孩子，我想自己能带好那些可爱的小家伙。"我给那个秃顶男人一些钱去买材料和工具，然后让这些人解散了。

一星期后,我重新召集那些穷人。我问那个红鼻子寡妇:"你家的防兽门装好了吗?"

红鼻子寡妇高兴地说:"我再也不用在家守护我的孩子了,我有时间去实现我的梦想了。"

我接着问秃顶男人感想如何。他对我说:"很多年前我给自家做过防兽门,当时做得也不好,后来我就再也没有做过。这次我想一定要做好,结果真的做好了。许多人说我很了不起,能做那么结实漂亮的门。"

我对需要帮助的穷人们说:"这位先生的经历是个很好的例子。它说明梦想真的是可以实现的。好多时候不是我们自己没有本事,而是我们固步自封,不愿意去尝试,或者不愿意去努力。"

5年后,当我来密阿多回访时,当年那25个穷人中,只有6个智力低下的残疾人继续靠政府福利生活,其余19人都过上了自给自足的幸福生活:红鼻子寡妇种的咖啡收成很好,秃顶男人成了当地有名的木匠,孤寡的老太太开了个托儿所。那个上完大学的单亲妈妈最优秀,她开了一家大家具公司,吸收了许多需要帮助的人到她的公司来就业。

许多事我们以前不懂得，当懂得的时候却回不去了。

意外的良机

◎（英）简·卡鲁 译/许 力

我那天兴奋得来不及去想，为什么我会得到这个预卜未来的机遇。钱，这个玩意真是说不清楚，如果没有钱，你一定就认为它是世界上最好的东西。过去我也一直这么想，不过现在我不这么想了。我是花了很大的代价才懂得这个道理的。我上学时，有一位英文教师上课时总喜欢引经据典。很多我都不记得了，但有一句我一直记得："若诸神要惩治我等，就会让我等如愿以偿。"这话听起来很可笑，开始我也不明白它的意思，不过你也许不得不付出根本没有预料的代价。

事情是从一个雨天开始的。我是一个马达机修工，我总喜欢在车房工作。但是，我总不安于现状。我一直梦想开创我自己的事业。你想，要是给自己干，活再累我也不会在乎。不要大企业，只一个逐步发展的小企业就可以了。就因为这事，我告别了在北方的父母，只身来到了伦敦。我就是只想挣更多的钱。但是我爸爸却不理解，挣的钱够花了，为什么还要离开家？为此我们总有争执。够，能干什么呀！像他那样生活，一辈子住在小屋里，除了退休时能得到一块金表和一份退休金，还有什么别的盼头？可你瞧我爸他那满足的神情真叫人生气。他在那家嘈杂的工厂干了这么多年，却没有挣下一份值得夸耀的东西。那天晚上我回家时，天下着雨。我一边走一边想着我的事。我想要是能有一千英镑就好了。不用多，就一千英镑。在地铁车站里，我买了份报。我想在回家的路上看看报纸，这样就可以忘掉那些烦人的事了，看看要上映什么新电影。我现在都不清楚那天为什么我总觉得这份报有点问题。报上的新闻好像提前了，我翻开一看，

日期不是10月22日，竟然是10月23日。上帝呀，这是一份明日报纸！开始我不相信，不过只有这样才能说明那些新闻为什么和我想的不一样。毫无疑问在今天，我买了明天的报纸。那一刻我激动得双手颤抖，我所有的愿望都能实现了。千真万确，这里有明天赛马的结果。我开始从中挑选我要押的对象，我只选那些曾经赢得大到30倍的赌注，人们又不看好的马。有一匹马的胜算竟然高达50比1。原本，我是绝对不在这匹马上下注的。我到银行取出我所有的存款——150英镑。午间，我去下了赌注。我分别去了好几家店，因为我不想引起别人的怀疑，这真是有趣的一件事。我知道哪些马会赢。我那天兴奋得来不及去想为什么会得到这个预卜未来的机遇。我下赌注的那些马真的赢了，每一匹马都赢了。大功告成，我就等着去收钱了。我急着赶回家数钱，一共竟有4000英镑。现在谁也拦不住我了，我明天就向单位提出辞职。然后开一家自己的店。不过，我得先告诉我的父母，他们一定不相信这是真的。我打开电视，但精力总无法集中，我总在想我的那些钱。突然播音员说到了塞尔土——那是我父母居住的地方，我开始注意听。那里发生了爆炸，引起一家工厂起火，已有22人在事故中丧生，还有很多人仍在医院抢救。我瘫在椅子里不能动弹，有关报道我什么也记不得了。在我收到电报前，我就意识到我的爸爸死了。报纸散落了一地，我无意识地把报纸从地板上拣了起来。就在这时，我看见了"最新信息栏"的大字标题："塞尔土工厂灾难估计多人惨死"。我竟然没有看到这条消息，当时我忙着挑选那些获胜的赛马。我本来是能救我的爸爸的，可是我却忙着挑选那些该死的马。我的眼睛模糊了，我再也看不清眼前的字了。

　　我没告诉任何人，我也有了自己的事业，而且干得很好。我的母亲领取了那家工厂支付的保险费。从经济上来说，她的日子比以往任何时候都好，不过问题是，自从爸爸去世后，她对自己的生死也不在意了。诸神若想惩罚我们，他们会干得相当漂亮。

要做的事情总找得出时间和机会；不要做的事情总找得出借口。

先进去再说

◎岳晓东

上哈佛大学是我的梦想，但入学哈佛却颇令我犹豫了一番。

1986年我在申请入哈佛大学的同时，还申请了另外六所美国大学，其中最早录取我的学校是克拉克大学。这所大学的心理系在美国相当出名，是心理学大师弗洛伊德在美国唯一到访过的学校。

克拉克大学于5月下旬就正式通知录取我，并给了我很好的待遇——不仅免除四年的学费，还提供四年的助学金（需要我为系里做一些事）。这样优厚条件的录取信让我兴奋了好几天。过了些日子，我盼望已久的哈佛大学教育学院的录取信也来了，但校方只给6500美元的学费奖学金，而且只是给当年的。这意味着我不仅没有得到丝毫的助学金，还要补缴4000美元的学费（哈佛大学当年的学费是10500美元）。

到底是上哈佛大学，还是上克拉克大学？那几天，我陷入了抉择的苦恼。为此，我找到Palubinskas教授，征求她的意见。

她首先问我："这两所学校，你更喜欢哪一所？"

"当然是哈佛喽。"我不假思考地回答。

"可哈佛才给6500美元的奖学金，这实在是太少了。"我接着说。

"是啊，6500美元的奖学金是少了点，但这可是哈佛呀！"她笑着说。

"但是，"我想了想说，"如果一共缴4000美元，我还承受得了；如果年年都缴4000美元的学费，我可惨了去啦！"

"你有没有找哈佛教育学院学生资助办公室的人员了解一下情况

呢？"她再问。

我摇摇头。

"那你就去了解情况吧，"她语气坚定地说，"我敢打赌，你一定会得到进一步资助的。"

"你为什么这样说？"我兴奋地问。

"因为你不对学校表现出充分的诚意，它怎么会愿意进一步资助你呢？"她两手一摊说。

"对呀！"我感到茅塞顿开，深深地点头说，"我明天就去进一步了解情况。"正待我要出门时，她叫住了我问："我感到你怎么有些垂头丧气的？"

"是啊，"我长叹一口气说，"这选择也太难啦，搞得我几天都心绪不宁。"

Palubinskas教授摇摇头说："不对，你应该感到高兴才是，至少你现在有两个选择。我真希望我当初读博士时，也有你现在的两个选择。这就好比有两个姑娘同时在追求你，总好过一个姑娘追求你吧？"

她的话令我的心情顿时晴朗起来：对呀，这被追求的感觉总好过被拒绝的感觉吧！

第二天一大早，我就来到哈佛大学教育学院学生资助办公室，向主任了解情况，并进一步陈述自己的经济困难。他耐心地听我讲完后问："你到底有没有决定上哈佛？"

我迟疑了一下说："是的，我已经决定上哈佛。"

"那就好，"那主任说，"待我收到你的回信后，会进一步替你想办法的。"

回到家中，我立刻给哈佛大学教育学院正式回信，表示我欲秋季入学。

我的信是6月8日发出的。五天后，我收到哈佛大学教育学院学生资助办公室主任的回函，通知我学院决定补加2500美元的奖学金。这令我喜出望外，马上去Palubinskas教授那儿，与她分享我的快乐。

"你从这次经验中学到了什么？"她忽然问我。

我想了想说："凡事要多想可能性，多作调查。"

Palubinskas教授点点头说："先进去，再想办法（Get in first, and then

work your ways out）。"顿了一下，她又一脸认真地说："我敢打赌，你将来缴的学费一定比你现在想象的少得多。"

Palubinskas教授的话没有错。入哈佛大学之后，我又通过不同途径找到了各种经济资助。到头来，我在哈佛读书的六年里，非但一分学费未缴，还挣到40000多美元的奖学金！

"先进去再说"成为我日后的一项重要的处事原则。

阻止我们成功的，并不是我们不懂的事，而是我们深信不疑、但其实不然的事情。

一个商人的第一笔交易

◎译/江　楠

1993年秋天一个星期六的下午，我急匆匆地回到家，准备把我们院子里的一些必须做的工作处理掉。当我正在打扫院子里的落叶时，我那五岁的儿子尼克走过来，拉了拉我的裤腿，"爸爸，我需要你帮我写一个牌子。"他说。"现在不行，尼克，我正忙着呢。"我这样回答。"可是，我需要一个牌子。"他坚持说。"干什么用的牌子，尼克？"我问。"我打算把我的一些石头卖掉。"他回答。

尼克一直对石头很着迷，他自己从各处搜集了许多，此外，别人也送给他一些，在我们的车库里放着满满一篮子的石头，他定期为它们清洗、分类和重新堆放。它们是他的珍宝。"我现在没有时间，尼克，我必须把这些树叶打扫掉，"我说，"去找你的妈妈，让她帮助你。"

过了一会儿，尼克拿着一张纸回来了。在那张纸上，他用他那五岁孩子的笔迹写道："今日出售1美元。"他的妈妈帮他做好了牌子，他现在开

始做生意了。他拿着他的牌子、一只小篮子和四块最好的石头向我们的车道尽头走去。在那里，他把石头一字儿排开，把篮子放在它们的后面，自己则在地上坐下来。我从远处注视着他，关注事情的发展。

　　大约过了半个小时，没有一个人从那里经过。我走过车道来到他面前，想看看他正在做什么。"怎么样，尼克？"我问。"很好。"他回答。"这个篮子是做什么用的？"我问。"放钱的。"他一本正经地回答。"你给石头定价多少？""每块一美元。"尼克说。"尼克，没有人会愿意出一美元买一块石头的。""不，有人愿意的！""尼克，我们这条街道一点也不繁华，没有什么人从这里经过，你为什么不把这些东西收起来，去玩一会儿呢？""不，有许多人从这里经过，爸爸。"他说，"人们在我们这条街道上散步，骑自行车锻炼，还有人开着他们的汽车到这里来看房子。这里有很多人。"

　　他一直耐心地坚守着自己的岗位。又过了一小会儿，一辆小型货车沿着街道驶过来。当尼克精神抖擞地把他的牌子举起来使它正对着那辆小型货车的时候，我凝神注意观察着。当那辆小型货车从尼克面前慢慢经过的时候，我看见一对年轻夫妇正伸着脖子在看尼克的牌子上的字。他们继续沿着这条道路向前方的死胡同开去，不大一会儿，他们原路折回来了。当他们再次从尼克身边经过的时候，车上的女士摇下了玻璃窗，我听不见他们的谈话，但我看到她转过头对那个开车的男人说了些什么，然后我看见他伸手去拿他的皮夹！我看到他递给她一美元。她下了车，走到尼克面前，在对那些石头做了一番仔细地观察比较之后，她选中了其中的一块，递给尼克一美元，然后开着车离开了。

　　我坐在院子里，看着尼克向我跑过来，我当时真的是被惊呆了，他手里挥舞着那张一美元的钞票，嘴里大声嚷着，"我告诉过你我能把我的石头卖一美元一块吧——如果你对自己有充分的信心，你就能做到任何事情！"我走进屋子，拿出我的照相机，为尼克和他的牌子拍了一张照片。这个小家伙对自己有坚定的信心，并且乐于向我证明他能够做得到。这在如何抚养孩子方面是一个很有意义的教训，而我们也都从中获得了很大的教益。直到现在，我们还经常会谈论这件事。

每个人都该为他的梦想付出全部。

向儿子学习

◎（美）丹尼尔·肯尼迪

我儿子丹尼尔从13岁就开始对冲浪充满狂热，每天上学前放学后，他就穿上湿的泳衣，划到冲浪线外，等着接受挑战。有一天中午，他对冲浪的热爱受到了考验。

救生员在电话中对我先生麦可说："你儿子发生意外了！"

"情况有多严重？"

"不大好，当他冲浪冲到浪的顶端时，冲浪板的尖端正对他的眼睛刺过来。"麦可赶快把丹尼尔送到急诊室，然后他们父子就被转到整形医师的办公室，丹尼尔眼睛旁至鼻梁的地方缝了26针。

当丹尼尔的眼睛在缝针时，我在飞机上，正结束演讲准备飞回家，麦可父子俩离开医院后就直接把车子开到机场，他在门口和我打招呼，告诉我丹尼尔在车内等我。

"丹尼尔在车内？"我问道。我记得当时我想到那天的海浪一定不小。

"他发生了意外，但他会好起来的。"

对一个必须经常旅行的职业妇女而言，最糟的噩梦成真了，我快速向车子奔去，以致高跟鞋的跟儿都断了，我打开车门，带眼罩的小儿子俯身向前，对我展开双臂，哭着说："哦！妈妈，我好高兴你回来了！"

我在他的怀里啜泣，告诉他当救生员打电话来，而自己却不在时的那种内心的自责与难过。

他安慰我说："妈，没关系的，反正你又不知道怎么冲浪。"

"你说什么?"我问道,真的被他的逻辑给搞混了!

"我很快就会好的,医生说我8天后就可以再下水了!"

他疯了吗?我原本想跟他说35岁以前都不准再靠近水,但相反的,我没有说,只祈祷他能永远忘记冲浪这回事。

接下来7天,他一直要我让他再回去冲浪,第八天我坚决地跟他说了第一百次"不",他却以其人之道,还治其人之身,把我打败了。

"妈,你不是教我们不能放弃自己所热爱的东西吗?"

接着他拿给我一件东西以便说服我,那是一首兰斯登·休斯(Langston Hughes)的诗,诗框在画框里。丹尼尔买下来,"因为这首诗让我想起你。"

母亲致爱子

孩子,我要跟你说:

对我而言

生命从来就不是一座水晶的阶梯

上面有钉子

还有碎片

楼梯的木板也支离破碎

地板上也没有地毯

空荡荡一片

但我都一直往上爬

有时到达了,落脚了

有时转弯

有时在黑暗中摸索前进

四处一片漆黑

所以,孩子,你不要回头

也不要坐在阶梯上

就只因为你发现很难走下去

你不能一蹶不振

因为亲爱的,我还要继续走下去

我还要往上爬

生命对我而言

从来就不是一座水晶的阶梯。

我屈服了！

那时候丹尼尔不过是个热爱冲浪的小孩，现在他可是身负重任的成人了，他在世界职业冲浪选手中排名第25。

我在远方的城市教导听众一个重要的原则，而就在我家后院，我受到了这个原则的考验，这原则就是"热爱某种东西的人会拥抱他们所喜爱的，而且从不放弃。"

差生是差老师和差家长联手缔造的。

改变一生的四个字

◎鲍比·格林

"真是蠢得一无是处！"大街上，一个母亲在恶狠狠地教训一个六七岁的小男孩，原因是那小孩走得离她远了些。这位母亲在说这些话时，嗓音大得足以让附近过往的行人都听得清清楚楚，而受到训斥的小男孩只好默默地回到母亲身边，低垂着头，眼睛死死地盯着地面。

这只是短暂的瞬间，然而有时候，正是这短暂的瞬间却会长久地在人们心头萦绕。有些话，也许只是说话人随口说出的，对他本人并不意味着什么，然而这些话对其他人，尤其是听话者，却往往能产生无尽的影响。"真是蠢得一无是处！"也许会长久地在听话人的耳边回荡。

我认识一个叫马尔克姆·戴尔凯夫的职业作家，现在已经48岁了，在过去的24年的作家生涯中，他取得了可喜的成绩。最后从他那里，我听到了一则关于他自己的真实的故事。

戴尔凯夫说，小时候他是个非常胆小害羞的孩子，几乎没有朋友，也

没有信心，总觉得自己什么事也做不了。1965年10月的一天，他所在中学的英语老师——布劳斯太太给全班的同学布置了一道作业，她要求学生们去读哈波·李的小说，然后在小说的结尾处用自己的话续写一段文字。戴尔凯夫回家后认真完成了作业，然后交给了布劳斯太太。现在他已记不起当初他写的内容和布劳斯太太给他的分数了，但他仍清清楚楚记得，并且永远不会忘记布劳斯太太在他的作文本里的空白处写的那四个字——"写得很好！"这四个字，改变了他的一生。

"在我读到这四个字之前，我一直不知道我自己是谁，也不知道将来我能做什么，"戴尔凯夫说，"直到读了布劳斯太太的评语，我才找到了信心。那天回到家后，我又写了一则小故事，这是我一直梦想着去做却不相信自己能做到的事情。"之后，在读书的业余时间，他又写了许多小故事，每一次他都把自己的作品带到学校，交给布劳斯太太。而布劳斯太太对这些稚嫩的作品则给予了鼓舞人心的、严肃而又真诚的评价。"她所做的一切恰恰是当时的我所需要的。"戴尔凯夫说。

不久，他被学校的报纸任命为编辑，这使他信心倍增，同时视野也开阔了。由此，他开始了自己成功而又充实的一生。戴尔凯夫坚信，如果没有当初布劳斯太太在他的作文空白处写的那四个字，那么他现在所拥有的一切都不会发生。

在第30届中学同学聚会时，戴尔凯夫回到了当初所在的学校并且拜访了已经退休的布劳斯太太。他向布劳斯太太诉说了当初写的那四个字对他一生的影响：正是那四个字给了他信心和勇气，他才能成为一名出色的作家。他还告诉布劳斯太太，在他的办公室里，他曾经接待过一位年轻姑娘，这位姑娘每天学习到深夜就为了得到一张中学的学位证书。现在她拿着证书来到他面前，寻求他的帮助与建议，因为他是个出色的作家。他把自己从布劳斯太太那里得到的信心与勇气又传递给了这位姑娘，现在这位姑娘已经成为一名作家，并且成了他的妻子。

布劳斯太太被这个故事深深地打动了。戴尔凯夫说："在那一刻，我想布劳斯太太同我一样意识到是她自己给予了我和我妻子深深的、永久的影响力。"

"真是蠢得一无是处！" "写得很好！"

很简单的一句话，却往往能改变人的一生。

一个人，当他有无限热情时，就可以成就任何事情。

没有热情能打动谁

◎（美）乔·泽尔曼 译/孙 奇

我成为一名推销员，并非命中注定；成为一名优秀的推销员，也并非命中注定。先前，我从来没想过，我会靠推销吃饭；现在，我却因推销而闻名。命运反复，谁能预料！

起初，我是一名职业棒球手，效力于约翰斯顿队，甲级球队，月薪175美元，因此我的生活既体面，又滋润。谁知道老板竟然要解雇我。因为年轻，我并不在意。老板斥责我说："我们不需要懒惰者，你像职业球手吗，你有职业精神吗？"

"是的！我懒惰！我没有精神！那又怎么样？！"我大声回敬了他，恼羞成怒，毫不在乎地离开了球队。

现在想想，我感到惭愧。老板说的一点没错，直到今天，我还会想起我在赛场上蔫头蔫脑、没精打采的熊样。

竞争淘汰孬种，苦难使人成熟。

我的生活窘迫起来，不得不降低颜面，加入了宾州的切斯特队，级别很低，月薪只有25美元。我感叹自己是虎落平川遭犬欺，心中燃不起一点热情。经常有熟人跟我打招呼，那更糟，简直是一种折磨。

我徘徊了一星期，决定离开那鬼地方，去遥远的康州纽黑文队。月薪仍然是25美元，但没有人认识我，我可以治疗一下心情，从头开始。

看天际孤云，我对自己说："我要重新振作！一定要重新开始！我才22岁呢，怎能不生龙活虎！"

热情燃烧起来，我奔驰于赛场，像骏马，像洪流，像炮弹。我感到身

体内波涛汹涌，必须奔跑才能释放。我的力量也大得出奇，投过去的球差点震落队友的手套。我感染了队友，他们跟着我奔跑；队友感染了观众，他们站起来呼喊。我没有杂念，没有感觉，只想着打球；我浑身是胆，孔武有力，只想着奔跑；我热血沸腾，豪情奔放，只想着胜利。我成了赛场的中心。

那一阵子，我真感到自豪，是神奇的精神力量在支撑着我，驱赶我，鞭策我。成绩和荣誉也让我感到骄傲。昔日被解雇的人，在今天却成了明星。州报刊印我的照片，记者总来"打扰"我，写文章称我为"锐气"，说我是"有史以来第一个给不能入级的球队注入了'灵魂'的人"。真没想到，我会获得那样的赞誉，现在提起来就让我神往。

有耕耘就有收获，我的月薪涨到了185美元，那可是一大笔钱啊。两年后，月薪竟然涨到770美元。那段日子我是多么幸福，你简直无法想象。多么成功！多么舒服！多么惬意！

但是，我注定成不了明星。在芝加哥的一场比赛中，我挥舞右臂，球脱手的一刹那，剧痛穿心而来，我的胳膊骨折了。我简直要为它哭泣，胳膊啊，你是我的生命啊，我爱你！现在你却要让我永远地离开赛场！那打击跟战争中失去一条腿没有差别！好战士宁可战死沙场，也不愿苟延残喘！

但是有些事情是不可逆转的。我一脸心灰意冷地回到了费城老家。接下来的日子很艰难。我先做了两年收款员，骑着脚踏车，一条街一条街，帮家具厂收款，报酬是1美元一天。没有阳光，也看不到希望。命运反复，谁能预料！

然后，我又加入寿险公司，想碰碰运气。干推销，完全是为生活所迫，因此，我只想试一试。8个月后，我准备退出。

如果我的奋斗没有成功，我不知道是否会用这样的态度来看待当时的困难：

"那一段日子真是折磨人啊，你实在是看不到一点希望。开始，他们总是鼓动说'某某某又签下一单，提成多少'，我热血沸腾：他签一单等于我做一年，干吗还不行动呢？可是8个月下来，我什么都没有拉到。既然不适合做推销，还待在那里干什么？！"

我又开始翻招聘广告了。无意中翻到了戴尔·卡耐基先生的成功学讲

座。他的名声我早听说了，抱着死马当作活马医的态度，我决定去听听。

谁能想到，戴尔·卡耐基先生随手一指，竟要我当场发言。惶惶无主中，我战战兢兢立起身来，感觉手无处放，结结巴巴吐出一点声音来。

"等一等，先生，请等一等！"戴尔·卡耐基先生摇头摆尾，毫不客气地打断我，"拿出生气来，年轻人！您这样讲话，哪一个爱听？没有热情，能打动谁？"

戴尔·卡耐基先生就此大谈"热情"话题。讲到激动处，他挥手摔断了一条椅腿，演讲也戛然而止。声音洪亮，感情饱满，目光坚定，意气奔放，余音绕梁，回肠荡气，这就是我对那堂课的印象。

"没有热情，能打动谁！"那晚我失眠了，反复念叨着那句话。

"'开谈多含情，话终有余响'。他的热情就是这样的么？我的热情在哪里呢？纽黑文的快乐时光为什么一去不复返了呢？我的热情消失了，我的生命枯萎了。我怎么能这样呢？不！决不！我怎能一事无成！"

"现在不奋斗，更待何时？等我老了吗？那怎么行啊！我怎能随波逐流！"一夜辗转反侧，我决定要改变自己的命运。太阳升起，我又一次听见了婉转的鸟叫。

那天打出的第一个电话，我永生不忘。我精神饱满，信心十足，没有任何畏惧。那一次真是速决战，对方立刻答应面谈。会谈时，我热情洋溢，妙语如珠，对方当场就签了单。他是费城的谷物商安蒙斯先生。他说："如果我的员工都有您这样的热情，我的生意一定能好十倍。"然后我们成了好朋友。他是我的第一个顾客，我一辈子都记得他。

从那一天起，我感受到奋斗的乐趣，第一次体会到"做自己主人"的美好感觉：没有热情能打动谁！

第二辑

人生坐标

因为不愿在失意中沉沦，
所以坚定人生志向。
在一次次的挫折中崛起，
让人生在夕阳下，
依然缤纷绽放，
创造生命的辉煌！

不相信自己的人连努力的价值都没有!

儿子的鱼

◎（加拿大）P·珀金斯 译/王 悦

我环顾周围的钓鱼者，一对父子引起我的注意。他们在自己的水域一声不响地钓鱼。父亲抓住、接着又放走了两条足以让我欢呼雀跃的大鱼。儿子大概14岁左右，穿着高筒橡胶防水靴站在寒冷的河水里。两次有鱼咬钩，但又都挣扎着逃脱了。突然，男孩的渔竿猛地一沉，差一点儿把他整个人拖倒，卷线轴飞快地转动，一瞬间鱼线被拉出很远。

看到那鱼跳出水面时，我吃惊得合不拢嘴。"他钓到了一只王鲑，个头不小，"伙伴保罗悄声对我说，"相当罕见的品种。"

男孩冷静地和鱼进行着拉锯战，但是强大的水流加上大鱼有力的挣扎，孩子渐渐被拉到布满旋涡的下游深水区的边缘。我知道一旦鲑鱼到达深水区就可以轻而易举地逃脱了。孩子的父亲虽然早把自己的钓竿插在一旁，但一言不发，只是站在原地关注着儿子的一举一动。

一次、两次、三次，男孩试着收线，但每次鱼线都在最后关头，猛地向下游窜去，鲑鱼显然在尽全力向深水区靠拢。15分钟过去了，孩子开始支持不住了，即使站在远处，我也可以看到他发抖的双臂正使出最后的力气奋力抓紧渔竿。冰冷的河水马上就要漫过高筒防水靴的边缘。王鲑离深水区越来越近了，渔竿不停地左右扭动，突然孩子不见了！

一秒钟后，男孩从河里冒出头来，冻得发紫的双手仍然紧紧抓住渔竿不放。他用力甩掉脸上的水，一声不吭又开始收线。保罗抓起渔网向那孩子走去。

"不要！"男孩的父亲对保罗说，"不要帮他，如果他需要我们的帮

助，他会要求的。"

保罗点点头，站在河岸上，手里拿着渔网。

不远的河对岸是一片茂密的灌木丛，树丛的一半被没在水中。这时候鲑鱼突然改变方向，径直窜入那片灌木丛里。我们都预备着听到鱼线崩断时刺耳的响声。然而，说时迟那时快，男孩往前一扑，紧跟着鲑鱼钻进了稠密的灌木丛。

我们三个大人都呆住了，男孩的父亲高声叫着儿子的名字，但他的声音被淹没在河水的怒吼声中。保罗涉水到达对岸，示意我们鲑鱼被逮住了。他把枯树枝拨向一边，男孩紧抱着来之不易的鲑鱼从树丛里倒着退出来，努力保持着平衡。

他瘦小的身体由于寒冷和兴奋而战栗不已，双臂和前胸之间紧紧地夹着一只大约14公斤重的王鲑。他走几步停一下，掌握平衡后再往回走几步。就这样走走停停，孩子终于缓慢但安全地回到岸边。

男孩的父亲递给儿子一截绳子，等他把鱼绑结实后，弯腰把儿子抱上岸。男孩躺在泥地上大口喘着粗气，但目光一刻也没有离开自己的战利品。保罗随身带着便携秤，出于好奇，他问孩子的父亲是否可以让他称称鲑鱼到底有多重。男孩的父亲毫不犹豫地说："请问我儿子吧，这是他的鱼！"

境由心生，用心去改造所处的环境、引导自己的行动。

自己开门

◎葛文娟

那年我5岁，那晚寒风凛凛。

已经记不清到底因为什么惹父亲发脾气，只记得他一怒之下把我拎到了街门外面，一句话也不说就插上了门闩。

街门外，漆黑一片，什么也看不到。寒风刮到脸上，又冷又疼。站在黑暗中，所有可怕的东西一瞬间从四面八方涌来，奶奶常讲的专吃小孩的黑狸猫，爷爷见到过的拐卖小孩的老疯人，还有村里我最害怕的屠夫。也就在我最害怕的那一刻，邻居家的狗不知为什么歇斯底里地叫起来，我哇地哭了出来。

以往，不管因为什么原因遭到父亲的训斥，只要我一哭，奶奶就会护着我。我以为这次我的哭声依然能招来奶奶，让奶奶用她温暖的棉袄把我抱回去。但是，嗓子都快哭哑了，依然没有听到奶奶的脚步声。只听到父亲的吼声，"就会哭，今天没人给你开门。"

父亲的话让我明白哭已经无济于事，如果奶奶已经被父亲说服，那么家里已经没有人敢给我开门了。

想到这里，我止住哭声，开始使劲推门。那时候街门是两扇对开的，使劲推能推开一个小缝，伸手就能够到门闩。我使出吃奶的力气推门，并把手伸进去，够着门闩，一点一点地挪动，也不知过了多长时间，门终于被我弄开了。站在院子里，我看到奶奶、父亲、母亲，还有脸上流着泪的小姑。

长大以后才知道，那晚奶奶并不是没有听到我的哭声，小姑已经走到

了门后,母亲因为此事和父亲吵了起来。但父亲阻挡了所有人对我的援助,他说,"让她自己开门进来。"

也正是那晚的独自开门,让我渐渐独立起来,也让我明白:任何人的帮助只能是一时而不是一世,想回家,必须自己开门。

冲动让人后悔一阵子,而懦弱让人后悔一辈子!

握紧木棒的黑孩子

◎(美)R·赖特 译/李世勇

那天晚上,母亲告诉我:今后我必须学会自己到食品店买东西。母亲领我到大街拐弯处的食品店走了一趟,让我记住路怎么走。我激动不已,觉得自己一下子长成了大人。

第二天下午,我就拎着篮子沿着人行道去那家食品店买东西。

当我走到街道的拐弯处时,突然,一伙流氓蹿了出来。他们揪住我的衣领,把我推倒在地。他们夺走了我的篮子,抢去了我的钱。我惊慌失措地回了家。

我把发生的事情告诉了母亲,可是她没做声,随即坐了下来,写了一张所买东西的清单,给了我更多的钱,又打发我去食品店。我踌躇着走上了大街,发现还是那帮小痞子在路边闲逛,我掉头飞奔回家。

"又怎么啦?"母亲问我。

"还是刚才那群流氓,"我战战兢兢地回答,"他们还会揍我的。"

"我要你自己去对付这些人,"她平淡地说道,"好,去吧。"

"我害怕。"我乞求道。

"走吧,不要理睬他们。"她告诉我。我走出家门,径直沿人行道走

去，心里祈祷着——那群小流氓别再骚扰我。

然而，正当我走到几乎和他们并排的时候，其中一个突然喊道："看，还是那个黑小孩儿。"

地痞们向我逼过来了。我感到心惊肉跳，马上转身狂奔起来。很快，我被追上了。他们把我揉倒在人行道上。我哭喊，恳求，用两脚使劲蹬，但都无济于事，没逃脱被殴打的噩运。他们掠走了我手中的钱，扯住我的两腿猛拽，朝我的脸上凶狠地抽扇。最后，我又是哭着走回家。

母亲在门口遇见了我。

"他们打……打……打我，"我边抽泣边委屈地说，"他们抢……抢……走了钱。"我正要迈上台阶，渴望着躲进"家"这个避难所。

"你不要进来。"母亲阴沉着脸警告我。

我吓得退回原地，瞪大了眼睛看着母亲，心中无限委屈。"可他们一直追着打我。"我哭诉着。

"那你就给我站在该站的地方，"母亲用吓人的声调说道，"今天晚上我非教你学会挺起腰板儿不可。并且让你学会怎样保护自己。"说着，她走进屋里，我只是战战兢兢地等着，不知道母亲要做什么。

不一会儿，母亲出来，拿出更多的钱和另一张买东西的清单，而且另一只手中拿着一根又长又重的木棒槌。"带上这些钱和这张清单，还有这根木棒槌，"她说，"去，到商店把东西买来。"

我疑惑了——母亲在教我打架——这是她以前从没有做过的事。

"可是，我怕——"我嗫嚅着。

"要是买不了东西，你就不要进这个家门。"母亲冷冷地说。

"他们会欺负我，他们……"

"那你就呆在外面，不准回来！"

我憋足了力气向台阶上冲去，试着挤过母亲，闯进屋里。可随即而来的，是脸颊上重重的一记耳光。我被抽到了大街上。我哭求着："妈，求求您让我明天再买吧！"

"不行！"她说，"现在就去。你要是空手回来，我非揍你不可。"

"砰"的一声，母亲关上了门，上了保险。

那伙流氓就在我身后，只身一人面对这阴森的街道，我惊骇地颤抖着。只有两条路可走，或是回到家里，或是远离家门。我攥着木棒，边抽

泣边思索。如果我回到家里，最终也躲不过被母亲打一顿，而且自己丝毫不会对此做什么改变，然而，我要是走上街头，去面对那些无赖，那么至少可以获得机会用木棒和他们较量较量，看到底谁输谁赢。

我慢慢沿街走着，接近了那伙地痞，我捏紧了木棒，紧张得几乎停止了呼吸。

我已经站在他们对面了。

"黑小子，又来啦。"他们狂吼滥笑着，很快把我围住，其中一个正要抓我的手。

"我他妈宰了你们！"我从牙缝中挤出这样一句话。随着我的吼声，手中的木棒早已使一个地痞的脑袋开了花。接着又是一棒，闷住了另一个流氓。就这样，我打倒了一个又一个，把刚才的怨恨和愤怒全部倾注在这根木棒上。我明白，只要我停歇一秒钟，痞子们就会缓过劲来，所以我要把他们一个个打倒，不能让他们有机会再爬起来。我呐喊着，挥舞着，眼睛里含满了泪水。刚才所遭受的殴打，所受的屈辱，一幕幕又在脑子里呈现。阵阵余悸使我每抡动一次木棒都要用上全身每一分气力。

挨过一顿猛击，小流氓个个狂呼乱喊，抱头鼠窜。有个地痞瞪大了眼睛看着发生的一切，一点儿也不相信这是刚才那个任他们肆意欺侮耍弄的黑小子。他们大概从来也没看见过这样的疯狂愤怒。

我站在那儿喘息着、叫骂着；激他们上前来斗。当发现小流氓们真的吓破了胆时，我就急追过去。他们喊着、叫着飞跑进各自的家。

随后出现在街道上的是那些地痞的父母们，他们是来吓唬我的。是平生第一次吧，我冲着大人们高声喊叫。我警告他们，如果要找我的麻烦，那我就让他们尝尝我木棒的滋味。

最后，我终于走到商店，买了东西。

回家的路上，我仍紧握木棒，准备着再次用它保护自己。可是，这回连个流氓的影子都没有碰上。

就是那天晚上，我赢得了在美国孟菲斯城的街道上行走的权利！

外在有形的世界，是由内在无形的世界掌握的。

亲爱的小孩

◎莫小米

不是没有介入过希望工程，但都是被收去一笔钱了事。真正与结对的小孩见面，还是头一次。

那个偏远而宁静的小山村的会堂今天张灯结彩，从仪式一开始，一排七八个小孩就在那儿坐着了。他们很小，很乖，一个个一动不动。此前我已填过一张捐助卡片，知道对方是个二年级男孩，现在我远远地猜测着哪个是我的小孩，以至于一个接一个领导的讲话半句也没听进去。

终于有一个穿红衣服的男孩被领到我的面前，我们一对对地在台上相倚着立成一排，摄像机也同时扫描过来。

这时我发现，在场的男孩女孩臂上差不多都有两条或三条杠的少先队干部标志，而我的小孩没有。且从老师介绍中得知，这些孩子大多成绩优异，于是我和男孩就有了如下的对话。

老师说他一年级时是个差生，现在达到中等。我说，没关系，分数不是最重要的。老师说但这孩子懂事，不像别的男孩那样调皮。我说，你可以调皮一些的。他一脸茫然地看着我，连预先想好的"谢谢阿姨"之类的词儿都忘了说。

播出时我们的镜头理所当然地被剪去了。后来得知，除我之外几乎所有的捐助者都预先对受捐对象提了至少是"品学兼优"一类的条件，最苛刻的一位女士甚至提了包括成绩名次、相貌、身高、性别、是否听话、健康状况、家庭成员状况等十条要求。淳朴的乡村老师居然还真的按条件找着了一个孩子，电视播出时镜头在她俩身上停留时间也最长。而我从内心

里希望剥夺这位女士的捐助权。按这些苛刻的条件,我的孩子便没有受助资格,而凭什么,我们拿出区区几百元钱,就自以为有资格要求孩子们这样那样!

和孩子们只相处了很短时间就分手了。印象中我的小孩比较沉默,自始至终不见他笑,让人心酸。

如果说这就是希望工程,从此我只遥遥地希望,我亲爱的小孩,你要多多绽开笑颜。

信念,你拿它没办法,但是没有它你什么也做不成。

珍贵的东西慢慢成长

◎黄小平

从读小学起,我就一直很努力地学习,可成绩总是平平。有一段时间,我曾对自己失去了信心。

后来,父亲带我去公园,指着园内的两排树问我:"你知道那些是什么树吗?"我一看,一排是白杨,一排是银杏,与高大的白杨相比,银杏显得十分矮小。父亲说:"我特意问过公园管理员,这两排树是同时栽下的。栽下时,都一样高。它们享受同样的阳光,同样的水土,同样的条件,到后来,白杨为什么长得高大,而银杏却长得矮小呢?"父亲见我回答不上来,接着说:"孩子,要知道,珍贵的东西总是慢慢成长。"

这诗一般的语言,像一道阳光,一下子照亮了我的心头,我努力着,努力着,从不放弃。到了高中,我的学习成绩终于有了质的飞跃,在全年级中名列前茅。高考那年,我以优异的成绩考入了一所名牌大学。

"珍贵的东西总是慢慢成长",那些自以为愚笨的孩子,请好好记住这句话,它一定会照亮你人生的方向。

只有一条路不能选择——那就是放弃的路；只有一条路不能拒绝——那就是成长的路。

怀疑自己的代价

◎（美）诺拉·卜罗费特 译/何 卿

许多年前，我住在纽约的时候，一个春天的晚上，我决定到百老汇娱乐区外的一座剧院去看音乐剧，在那里上演的戏剧作品，常为实验性的且价格便宜。我在那里第一次听到萨洛米·贝的演唱。我被迷住了。我认为我发现了莎拉·沃恩第二。

那一刻的感觉简直妙不可言。虽然，剧院里有一半的座位是空着的，但是，萨洛米的歌声在空气中回旋飘荡着，充满了整个房间，给剧院带来了生命。我从来没有经历过这种感觉。我被萨洛米的表演深深打动了，我对观众的稀少寥落感到很失望，我决定写一篇评论来帮助她引起公众的注意。

好不容易控制住自己的兴奋心情，第二天，我像一名职业作家一样泰然自若地打电话给萨洛米·贝所在的剧院。

"我可以跟萨洛米·贝通话吗？"

"请等一下。""你好，我是萨洛米。"

"贝小姐，我是诺拉·卜罗费特。我正要为《本质杂志》就你的演唱成就写一篇文章。我可以对你进行采访，以便对你的演唱生涯作进一步的了解吗？"

我真是那样说的吗？《本质杂志》会指控我的，我想。我对她的演唱成就一无所知。我内心的一个声音大声叫道，"你这一次做得真的太出格了！"

"啊，当然，"萨洛米说，"下个星期二我要去灌制我的第四盘唱片。为什么我们不在录制室里见面呢？你可以带着你的摄影师一起来。"

带着我的摄影师！我想，我的信心正在迅速消失。我甚至不认识一个有照相机的人。

"我想到了一件事，"萨洛米继续说，"《头发，花花公子和大路上的生活》的制片人高尔特·麦克多莫特将我一起在斯塔岛山上的教堂里进行义演。因此，你为什么不到那里去呢，我愿意介绍你们认识。"

"呃，当然，"我说，努力使自己的声音显得职业化，"那将使这篇文章更精彩了。"

更精彩？你怎么会知道？一个恼人的声音在我的头脑里迅速地说。

"谢谢你，贝小姐，"我说，准备结束谈话，"我们下星期二见。"

当我挂上电话，我害怕得几乎要精神错乱了。我感觉自己好像跳进了一池流沙中，眼看就要被流沙淹没，根本没有机会挽救自己的尊严。

以后的几天像白驹过隙一样飞逝而过。我跑到图书馆去查资料。同时，我还发疯似的寻找一个有着35mm照相机的人。一位真正的摄影师根本不在我的考虑之中。毕竟，我已经把我所有的积蓄全拿出来买了一张百老汇娱乐区的演出门票了。

天无绝人之路，就在我一筹莫展的时候，我得知我的朋友巴巴拉现在已经成为一名熟练的摄影师了。于是，我找到她，向她说明了情况。在我的百般恳求下，她答应陪我去见萨洛米。

在唱片录制室和教堂义演现场，巴巴拉出色地完成她的拍摄任务。我则聚集起全身的勇气，坐在那里，表现得非常沉着，尽量使自己看起来有深度。我一边以"你可以告诉我……"开头提出问题，一边在一个黄色的记事本上写下采访记录。

采访很快就结束了。我一走出教堂，就飞快地跑上街道，因为我的神经紧张地快要崩溃了。当然，我拦到了辆出租车。

平安到家后，我平静下来，开始写这篇报道。但是，我每写下一个字，我内心里的一个细小的、严厉的声音就要指责我：你撒谎！你不是作家！你从来没有写过文章。而且，你甚至连像样的杂货清单都没有写过。你做不到的！

我很快意识到愚弄萨洛米也许很容易，但是要想为《本质杂志》——

031

一本国家级杂志伪造故事是根本不可能的。压力几乎是无法忍受的。

我全身心地投入写作中去，我努力地写了很多天，写了改，重写重改，我把我的草稿改了无数遍。终于，定稿了。我把它用隔行打印的方式整整齐齐地打印出来，装进一个大信封里，与它同时放进去的还有一个贴足邮资并写明我的姓名和地址的回信信封，然后，我把这个大信封丢进了一个邮箱里。当邮差把信取走之后，我就开始猜测需要多长时间才能收到《本质杂志》的编辑寄来的、毫无疑问是写着"讨厌"字样的回复信。

那并没有要很长时间。三个星期后，我的原稿——放在我自己写的信封里寄回来了。这是一种什么样的侮辱啊！我想。我怎么从来就没有想过我怎么能和一群以写作为生的职业作家竞争呢？我是多么的愚蠢啊！

因为知道自己没有勇气面对写着编辑讨厌我的作品的所有的拒绝信，我没打开信封就把它扔进了最近的一个橱柜里，并很快就把它忘记了。我把这件事当作我人生中的一次最糟糕的经历随同那个信封一起丢在了橱柜里。

五年后，我准备搬往加利福尼亚的撒克拉曼多去，因为我在那里找到了一份与销售有关的工作。在清理橱柜的时候，我无意中发现一封写着我的姓名和地址的没有拆封的信，当时我对投稿的事已经淡忘了，但令我惊奇的是信封是我自己写的。为了揭开这个秘密，我很快拆开信封。我简直不敢相信自己的眼睛，信封里除了稿子以外竟然还有一封编辑写给我的信：

亲爱的卜罗费特，你的有关萨洛米·贝的故事非常好。我们需要在文章里增添一些引证。请把那些资料加进去，然后，立即把文章寄回来。我们将在下一期的杂志上把你的作品刊登出来。

信的内容使我非常震惊。过了很长时间我才从震惊中恢复过来。害怕被拒绝使我付出昂贵的代价。我至少失去了500美元的稿酬，以及让我的文章在一份重要的杂志上发表的机会——同时也是证明我能够成为名职业作家的机会。更重要的是，恐惧使我枉费了宝贵年华，在过去的那么多年中，我本可以尽情徜徉在写作的欢娱中，并且能够写出很多作品。今天，我作为一名全职的自由作家已经六年了，我已经发表了100多篇文章。回顾过去的那次经历，我获得了一个非常重要的教训：怀疑自己要付出很昂贵的代价。

接受"不完美",如同接受不同的色彩。有不同的色彩,才有可能拥有多彩的人生。

如果"完美"在悄悄发酵

◎(美)梦 苑

一个台湾的医生,在家门口附近开了一所私人医院。因为他的医术高超,又勤恳努力,到了不惑之年已是腰缠万贯,与他结交的也都是上层名流,门前常常是车水马龙。医生有一个儿子和三个女儿。儿子是一表人才,眉清目秀,女儿则是婷婷如花。医生有个习惯,晚饭后散步,而且只要儿子陪同。每次散步,都是和独子广谈人生。他指点了江山,又指点自己盛名在外的医院,然后语重心长地对儿子说:"你要壮志在胸,切不可耽误。你的完美人生,我已经给你画好了蓝图:进最好的学校,然后进最好的医学院,然后到国外读书,回来后当第一流的医生!"

这样的散步,从儿子小学到中学毕业,果真功效非凡。儿子不仅听话乖顺,从不打弹弓扔石子,而且的确聪明过人,一直没有让家人尝过第三名的耻辱。进了台湾最好的医学院以后,他更是面目灿烂彬彬有礼,孜孜不倦加捷报频频,交往的都是未来俊杰。

可是到了大学就出现了问题,台湾有一项规定是每一个男儿都必须服兵役一年。本来也没什么大不了的,可是对于被儿子未来的绚丽映得满眼通红的爸爸来说,这实在是一件重大损失。为了让儿子逃避兵役,他仓促奔走,频频拜见,不过还是丧气而归。

儿子出门上小岛服役的时候,医生劝慰自己:就算是完美人生中减去一年吧。他送儿子送到十里长亭,殷殷叮咛:"儿子,下了操你一定要找个墙角苦背英文单词。记住啊!"

儿子走的那一年，日子比一个世纪还长，医生给人看病的时候甚至精力有些不能集中。但是岁月毕竟如流水，看似不动其实在淌，转眼就逼近了期满的时限。突然有一天，有人送来了一个晴天霹雳的消息：医生的儿子不幸在军营身亡！

　　身亡的事情一直是个谜。军营上上下下地调查，只查出一次小小的口角。换了别人，睡一觉不忘，睡三觉也该忘了。可是医生儿子，偏偏眼睛盯着这件小事，忘记了远大前程，他一时隐忍不下，愤然举枪自饮。

　　医生如何咽得下这样的打击！他于是更加仓促奔跑，愤愤拜见，非要查出"迫害"的线索不可。几年下来，他业务荒疏，服务下降。钱囊也日渐干枯了。他自己更是销魂落魄，眼神黯黄，日渐衰老。终于有一天，他不得不把医院的招牌摘了下来。家门前的罗雀景致，他也无心理会了。又一年的冬天，郁闷已久的医生在家突发雷霆，砸碎了精贵的玻璃柜。老伴颤颤地将碎物拾到房外，可是转眼却被反锁在外。老伴顿觉不妙，奋力砸门，但是为时晚矣，只见火光如柱，又闻惨叫人声……

　　这是近10年前发生的真实故事。可是细想起来，难道这样的事，不是还在悄悄地酝酿、发酵、升温，时时有可能重演吗？

　　今年美国有一项民意调查："你愿不愿意用克隆的方法获得一个完美无缺的孩子？"民意调查的结果是，只有6%的极少部分人欣然应允，76%的人则毫不动心："我不要破坏自然。"有对夫妇回答："我们领养了4个孩子，他们有着不同的肤色和家庭背景。不要说'完美'，他们相貌上、智力上都和完美有太大的距离。其中两个孩子，因为智力的障碍，需要长期耐心地辅导。但是，要是有人用完美的克隆儿和我们的孩子交换，我们只有一个回答：'不！'"

　　接受"不完美"，如同接受不同的色彩。有不同的色彩，才有可能拥有多彩的人生。而且，生活中的几个"不完美"的斑点，正是让人谦卑、同情和珍惜的原因。

　　想想看，要是医生的儿子并不聪敏过人，又不幸天性调皮捣蛋、逆忤难管，哪天医生要是遇上某个病人，那人或因儿女不顺操心过度，或因自己的旅途艰难险阻，从而得了高血压或是肺气肿，医生肯定会生出深切的同情和感慨。他为人治病的同时，也会传递理解的温暖。

　　如同生过病的人，才会对生命产生一种特别的敬意。

既然太阳上也有黑点,"人世间的事情"就更不可能没有缺陷。

砍掉那双"完美的手"

◎英 涛

他曾经是人们眼里不可理解的怪人。

读高中时,因为他的优秀,有个保送名牌大学的机会摆在他面前,他不要。

到了高考,他考出了非常高的考分,却执意选择了又苦又累的地质专业。

毕业了,照样在学校里称得上风云人物的他,同时被几个好单位看中,可他却要求去做一个地质人,做一个浪迹天涯的地质队员。

很多人不理解他的选择,他总是笑笑,不置一词。

终于有一天,他在别人再次问起他当初为什么做这些选择的时候开了口:法国著名雕塑家罗丹,精心雕塑一座文学家巴尔扎克的雕像:巴尔扎克目光炯炯,身披宽袖长袍,一双手非常自然地叠合在胸前。罗丹唤来了自己的三个学生来欣赏他的得意之作。不料,三个学生不约而同地被雕像上这双栩栩如生的手吸引住了,连声赞叹:"好极了,这真是一双奇妙的手啊!"罗丹从学生的表情中感到这双手虽然塑得绝妙,可是作为整体的一部分,太突出了,起了喧宾夺主的作用。因此,他找来一把大斧,把那双完美的手砍掉了。几个学生被罗丹的举动吓得目瞪口呆。

其实,在生活中,这种"完美的手"随处可见,它时时处处地诱惑着人们忘记了最初对人生的本质追求,常常因此走上了一条与理想背道而驰的路。只有果断地砍掉那双"完美的手",砍掉那些局部的暂时的诱惑,实实在在,耐住寂寞,潜心做自己想做的事,才能雕塑出生命整体的完

美。

　　说这些话时，他已经取得了三个部级、三个局级科技进步奖的成果；编写了两个有关三维地震勘探的专集；在许多专业报刊上发表了上百篇论文。承担着非常重要的国家科研项目。而且，他还用自己细腻的心去翻阅每一寸自然的美丽，写出了许多充满豪情、激情、深情、智慧的诗篇，成了一个地质诗人，一个知道如何去追寻生命真正美丽的诗人。

人要是惧怕痛苦，惧怕种种疾病，惧怕不测的事件，惧怕生命的危险和死亡，他就会什么也不能忍受的。

这里躺着一个胆小的勇士

◎聂　茂

　　布雷斯是个7岁的小男孩，他是个特别胆小的人。5岁上幼儿园时，老师组织大家去游泳，大家都跳到游泳池里，就只有布雷斯站在平台上发抖。同学们都笑他，他宁愿哭，也不愿意下去。6岁时，布雷斯上了小学了。有一次班里去野外露营，别的同学都睡在各自的睡袋里，只有他例外，一定要与老师挤在一起。同学们去坐缆车，他不敢；同学们学射击，他不敢拿枪；同学们搞高空跳，他更是远远地站着。布雷斯因此得了一个绰号，叫"灰胆小雀"。有时，同学们在一起搞活动，如果谁搞得不好或者不愿去做什么事，就会得到这样的评价："熊得像布雷斯一样。"可见，布雷斯已经成了"软弱"、"胆小"和"无能"的代名词。

　　春天的时候，布雷斯7岁了。布雷斯父母也不知道为什么这个孩子如此胆小。布雷斯有一个哥哥，叫欧维尔，胆大的出奇，虽然只比布雷斯大两岁，但行为却是天壤之别。布雷斯父母曾经带布雷斯到医院检查，但没有发现什么不正常。医生说可能布雷斯在"娘胎"里受到了什么惊吓。布雷

斯父母认为医生所言是无稽之谈，回来后就不再管他。

有一天，欧维尔从父亲衣兜里偷了一包香烟，恰恰被布雷斯看见了。欧维尔伸出了拳头对布雷斯晃了晃，警告布雷斯不要告状，否则就要吃拳头的。布雷斯点点头。欧维尔也讨厌自己的弟弟太软弱，他有意想让弟弟学得粗犷一点，因此，他问弟弟愿不愿意跟他学抽烟。布雷斯答应了。

欧维尔带着布雷斯飞快地跑到了离家两公里远的山林里，欧维尔最先就是被人带到这里学抽烟，并且最后学会了的。他希望布雷斯也能在这个秘密的地方学会抽烟。然后，他还准备教布雷斯更多更刺激的事。

四周很静，布雷斯能听到自己的心跳。欧维尔老练的将烟点燃，然后交给弟弟。布雷斯吸了第一口，辣得他把嘴巴张得老大，气都喘不过来，脸憋得通红。接着便抽第二口，第三口，每抽一口，他都特别难受，但他坚持抽下去，因为欧维尔鼓励的眼光让他感到有一种力量。

然而，就在布雷斯抽到第七口烟的时候，欧维尔突然听到一阵汽车的马达声开了过来，他立刻将布雷斯手中的烟抢过来，连同自己的烟都掐灭，踩在脚下的泥土里，然后静静地听。

布雷斯被欧维尔警惕的样子吓住了，他屏住呼吸，本来想问欧维尔发生了什么事，但欧维尔伸出手指，做了个嘘声的指令。

欧维尔从半遮体的斜坡爬上去，透过疏密交织的树丛，他发现前面不远的地方停了一辆吉普车。布雷斯也看见了这一幕，还看见了车子里坐着一个满脸络腮胡子的大胖子，手里握酒瓶，不断地喝酒，嘴里发出一些声音，不知道他在嘟哝些什么。不久，大胖子从车子里出来。他拿着一根煤气胶管，插进汽车后面的尾气管里。由于胶管没有尾气管大，因此一放，那胶管就滑出来。于是，大胖子又用一块手绢将煤气胶管塞进吉普车后面的尾气管里，然后，摇摇晃晃地走回车里。

"不好，这个胖子要自杀！"欧维尔低声而又焦急地对布雷斯说。

布雷斯惊恐地问："那咱们怎么办？"

欧维尔说："你别动，我爬过去将手绢抽出来。"说完欧维尔真的慢慢地爬过去，偷偷地将手绢抽了出来，那煤气胶管也自然脱落出来了。欧维尔又悄悄地溜了回来。车里的大胖子绝望地喝着酒，不停地嚷着什么。一用力，以为车子就要爆炸，但车子静静的。大胖子似乎清醒了一些，他走下来，发现车后面的手绢脱落在地，还以为是自己没弄好，就又将煤气

胶管塞进尾气管，并用手绢塞紧。

欧维尔再次勇敢地爬过去，悄悄地将手绢抽了出来。大胖子很奇怪，他仍然迷迷糊糊，一边喝酒一边下车，再次将煤气管和手绢塞回汽车尾气管，然后回到车里，再慢慢地喝着瓶里的酒。

突然，大胖子从汽车前座的反光镜里看见了悄悄爬到车后的欧维尔：原来是这个浑小子在捣蛋！大胖子一不做二不休，悄悄出来，等欧维尔抽出手绢时，他猛地伸手抓住他，并将欧维尔狠狠地摔在地上。

布雷斯看清了一切。

大胖子重新将手绢和煤气管塞进汽车的尾气管里。他哈哈大笑道："我就要死了，竟然还有个小混蛋来陪死，太好了！"欧维尔挣扎着，但毕竟太小了，他被大胖子抓进了汽车。布雷斯眼睁睁地看着，不知如何做才好。

大胖子对欧维尔大声嚷着什么，声音听得不是很清楚。事实上，布雷斯也没有心思去听，他现在想的是，如何才能像他哥哥那样，悄悄地爬过去，将那块手绢从汽车的尾气管里取下来。可他实在太害怕了，他浑身发抖。虽然事实告诉他，他应该尽快爬过去，越快越好，因为迟一分钟甚至迟一秒钟，都可能让两人甚至连同他自己死于一场爆炸中。布雷斯哭了，他不断地用力往前爬。可每爬一步都是那样费力、那样艰难。布雷斯打自己的头，他恨自己没有胆量，恨自己不像哥哥那样勇敢——哥哥欧维尔爬过去三次啊。

布雷斯别无选择，他紧紧地贴着地，不断用力，手指由于紧张，抓地时抓出了血。他听见哥哥欧维尔在尖叫，哥哥的痛苦刺激着他。可是他尽了力，他仍然爬得很慢、很慢。

每一步，他都要停一下。而一停，他又恐惧地觉得这辆越来越近的车子就要爆炸了。他越来越接近汽车了，越来越接近手绢了。终于他拿到了手绢，并且迅速抽了出来。煤气管从尾气管里脱落了。

布雷斯脸上净是汗，他的衣服磨得稀烂，肚皮都磨出了血。他不知道这些，他弄出了手绢，他松了一口气。然而，他还来不及往回退一步，汽车发动了。"呼"的一声，往后退去。

汽车没有爆炸，但它却将布雷斯碾扁了——布雷斯就像一束无色花，深深地印在大地上。他的娇小、懦弱让他临死的时候连叫一声的机会都没

有。欧维尔狂叫着冲出汽车，大胖子也被眼下的一幕惊呆了：他没想到抓住了一个不怕死的人，来了另一个更小的不怕死的人！可他残忍地将他碾掉了，像碾掉泥土里的一束小小的花。

布雷斯死了。他用弱小的身子救了两条命。

布雷斯的同学和同学的家长以及布雷斯一家所在社区的人，知道的，不知道的，相识的，不相识的，男的，女的，老的，少的，都来了。布雷斯的墓碑上刻着这么几个字："这里面躺着一个胆小的勇士。"他的许多同学见到上面的字都哭了。墓地旁边有一棵松树，不知是谁最先在上面缠了一条小小的黄纱巾，然后第二条、第三条，然后是满满的一树的黄纱巾，数都数不清。它们默默地围绕在布雷斯的墓地上，风一吹，让人仿佛感觉到：布雷斯那纤弱的手就像花芽一样从地里冒出来，抒写着他对春天的留恋……

爱是一种力量，却柔弱如水，爱不自卫，却永远得胜；爱是一种生命，却在死亡中诞生。

感觉活着

◎胡守文

"我感觉她还活着。"一位七旬老人在荧屏上向主持人这样说他那失去知觉长达四年的"植物人"老伴，令我心弦一颤。

老伴早已没有真正意义上的生命了，她仿佛沉浸在一个无尽的迷梦里，永远不会醒来了。老人当然深知这一点，但在他的潜意识里，老伴依旧活着。所以他不仅悉心地照料她，而且怕她寂寞，怕她孤单，总是不停地和她说话，讲街头见闻，聊报上的消息，有时也追忆往事。有时甚至向她诉苦、发牢骚。就是出门，他也会把收音机打开后放在她耳边。他把她完全当作一个有心理需要的正常人。就像在过去那40多年相濡以沫的风雨岁月里一样。尽管她什么也不可能听见，更不能做出回应。但老人不理会这些，1500多个日子里，他的絮絮叨叨一直执拗地陪伴着老伴。

"如果用安乐死送她走，对她其实是一种解脱，对您不也是一种解脱吗？"当主持人最后小心翼翼地提出这个问题时，白发苍苍的老人终于老泪纵横，他颤抖着说："可我总感觉她还活着，我不忍心那样对待她。"此时此刻，我热泪盈眶。

"感觉活着"，大概只有爱到泣血，才会说出这种话。"感觉活着"，这该是一种多么固执的爱的挽留，又是一种多么悲怆的爱的绝唱！相形之下，过去我见识的所谓轰轰烈烈的爱情实在苍白、浅薄。

曾看过美国电影《荒岛余生》。主人公查克被失事飞机抛在一个没有人烟的荒岛上，孤苦无助时，他把沾有自己鲜血的手掌印在一只排球上，再把它修饰一下。画出眼睛、鼻子和嘴巴，并在上面放一些杂草，做成一个人的模样，查克给它取名为"威尔森"。从此，他和它说话，和它一起睡觉，遇见事情总是和它商量。有了这个排球朋友相伴，查克挨过了1000多个孤寂难耐的日子。当查克带着威尔森乘坐自制的木筏逃离荒岛时，途中忽然遭遇风暴，威尔森被海浪卷走。查克一边哭喊着威尔森的名字，一边冒着生命危险跳进海水里追他的伙伴。可威尔森被卷得越来越远，查克一遍一遍痛苦万分地喃喃自语，"对不起，威尔森。"当银幕上出现这个情景时，眼泪模糊了我的双眼。

一只普通的排球之所以在查克的心中"活着"，显然是因为他对这个"排球威尔森"倾注了深深的爱！在这份爱的润泽下，"威尔森"焕发出生命的光辉，并反过来照耀了查克。正是有了这个"感觉活着"的"威尔森"，查克才在荒岛上找到了宣泄爱与感受爱的对象和渠道，在爱的感觉中战胜了孤独，走出了精神的阴影。如果没有这个"威尔森"，查克的命运将迥然不同。

无论是"植物人"老伴之于老人，还是"排球威尔森"之于查克，这两种"感觉活着"，似乎都有些不可思议，甚至荒诞不经。然而这些看似偏执、离奇的举动，正是爱到极致的表现啊！

第三辑 成功之道

朝着一定目标走去是"志",

一鼓作气中途绝不停止是"气",

两者合起来就是"志气"。

一切事业的成败都取决于此。

有毅力的人，能从磐石里挤出水来。

丑男走红

◎蔡玉明

一直以为美国很时髦，很另类，但并不完全是那么一回事。

看到一则娱乐新闻。《美国偶像》是一个收视率很高的电视节目，曾成功捧红多个新星。今年1月30日晚，这个现场直播节目出现一个梳着老土的头发，长着大龅牙的华人参赛选手孔庆翔。这个11岁从香港移民到美国，现正在某大学读三年级的小丑男演唱的是瑞奇·马汀的《she Bangs》，演唱水平是空前绝后的差劲：舞姿僵硬，英语错漏，旋律走调……没唱到一半，台下已笑成一片。一位黑人评委用一张白纸遮掩着脸，肆无忌惮地狂笑，另一个评委、著名的电视人西蒙·科洛维尔忍无可忍，打断了孔庆翔的表演，问他："你既不能唱，也不能跳，你来干什么呢？"所有的人惯常地等着孔庆翔狼狈不堪的逃脱，等待下一个爆发的狂笑。出乎意料的是，孔庆翔十分平静地说："我已经尽力了，所以完全没有遗憾。要知道，我并没有接受过任何专业训练。"说完，小男孩镇定地向评委致谢，背着他的黄包走下舞台，像是一个赶去图书馆的学生。

令小丑男始料不及的是，他在舞台上那两句平静的回答，令他一夜间成为美国偶像！现场直播的当天，至少有3家网站专门转播了他的表演，其中一家网站4天的点击率是400万次！有人即时建起了孔庆翔个人网站，访问量在一周内超过700万次，女孩们在网站留言，表示爱慕，甚至要以身相许。这个节目被传到多个国家和地区，无数的电视台、电台反复重播。他蹩脚的演唱进入音乐排行榜前十名。《洛杉矶时报》、《人物》杂志及一些权威的电视节目对他进行采访，牙科诊所希望能免费为他做牙齿矫形，

牙齿保健商希望和他谈广告合约……4月6日，孔庆翔推出首张个人专辑，在美国发行首周热卖3.8万张，在专辑销量上排34名，一下子超过了美国华裔最好纪录、著名大提琴手马友友排行第58名的成绩。

小丑男孔庆翔一夜之间成为美国偶像，引起美国轰动、中国轰动、世界轰动。这位蹩脚歌手莫名其妙地超过了大提琴演奏家马友友，实在令人费解。有人认为这是美国年轻人开始排斥当前俊男俏女型偶像潮流反叛思维；有人认为是基于认同与同情：孔庆翔在那么强大的舞台上，是弱小一派，既无实力也无脸面；一位社会学家一语道破天机：美国在崇沿"老土"，认同传统。

"我已经尽力了，所以完全没有遗憾"，它点中的是美国人的穴位，这是一种坦诚，一种勇气。坦诚与勇气，决不是什么另类超前的玩意，却是人类认同了千百年仍然不掉色不减价的东西。它"老土"，却不朽。

丑男孔庆翔一夜当红，因为，他的坦然他的勇气闪耀着金子般的光泽；更因为，时髦的美国人仍然"老土"，外表超越现代的人的内心依然"传统"。

成功之道

要让新结识的人喜欢你，愿意多了解你，诚恳老实是最可靠的办法，是你能够使出的"最大的力量"。

握 手

◎吴所谓

　　玛丽·凯化妆品公司的徽标上两个字母P和L的含义，是盈与亏（Profit and loss），两者就像昼与夜一样主宰着这个世界。弄不好，就会与L（亏）握手；把握得当，就会与P（盈）拥抱。玛丽·凯对这两个字母作出了另一番解释：它们也意味着人与爱（People and love），若以这种方式与P、L打交道，自然会受到盈利的青睐。

　　爱是一个很宽泛的词，并不好把握。玛丽是从金律（你们愿意别人怎样对待你，你们也应该那样去对待别人）入手的。这其实就把握住了爱的本质，爱说到底是一种体验。你只有体验过爱，才知道什么是爱。当然，你体验过不爱，也能知道什么是爱。

　　玛丽发达之前，是一名推销员。有一次，销售经理召集他们开会，经理在会上发表了非常鼓舞人心的话。会议结束时，大家都希望同经理握握手。玛丽排队等了3个小时，终于轮到她与经理见面。经理在同她握手时，甚至连瞧都不瞧她一眼。经理用眼去瞅她身后的队伍还有多长。经理甚至没意识到他是在与谁握手。善良的玛丽理解他一定很累。可是，自己也等了3个小时，同样很累呀！自尊心受到了伤害的玛丽暗下决心：如果有那么一天，有人排队等着同自己握手，自己将把注意力全都集中在站在面前同自己握手的人士身上——不管自己多累！

　　正是凭着这样的决心，玛丽虽是化妆品行业的门外汉，但她不断去握化妆品专家的手，去握广大美容顾问的手，终于创建了玛丽·凯化妆品公

司，在世界上声誉鹊起。玛丽也就赢得了她心中那种握手的机会。

她多次站在队伍的尽头同数百人握手，常常持续好几个小时。无论多累，她总是牢记当年自己排那么长的队等候同那位销售经理握手时所受到的冷遇，总是公正地对待每一个人。如有可能，总是设法同对方说点亲热话。也许只同对方说一句话，如"我喜欢你的发型"，或"你穿的衣服多好看哪"，等等。她在同每一个人握手时，总是全神贯注，不允许任何事情分散了自己的注意力。

这样的握手，会使数百人都觉得自己是世界上最重要的人。根据金律，数百个重要的东西也会反馈给玛丽，她的公司就这样成为了全世界重要的公司之一。

人生就像一场赌局，不可能把把都赢，只要筹码在自己手上，就永远都会有希望。

意料之外的成功

◎格丽斯　译/王　悦

1922年，我从加州大学表演系毕业后，独自一人来到纽约投奔我儿时的好友艾芘，渴望能在百老汇的话剧舞台上实现自己的梦想。

然而，在百老汇，没有哪一个剧团愿意给一个没有背景、又不是选美冠军的女孩机会。经过十多次面试之后，我的积蓄越来越少，不得不到一家餐厅的衣帽间打工，靠每周七十多块钱的收入勉强度日。终于，父亲在电话里说，如果到圣诞节我还是无业游民，就必须回家到他的公司上班。

刚巧这时艾芘所在的剧团有一个空缺，她为我争取到了3分钟的试演机会。我决定和命运最后赌一把。我用最后的一点钱买了当天夜里的返程机

票，心想：如果选上就留下，选不上，就立刻坐飞机回家，让那些不知天高地厚的梦想从此结束！

那天上午，我早早来到排练场，结果发现有十几个窈窕淑女排在我前面，我是第17号，要到下午才轮到我。看着一个个穿着入时、形象姣好的候选人，我简直是"鸡立鹤群"。

中午，我想到了百老汇大街上的百欧思则，那里是嬉皮士和著名人士的聚集地，据称是纽约最地道的意大利餐馆。既然留下来的希望渺茫，最后去感受一下百老汇的气氛也好啊。走进餐厅，看到女招待递过来菜单，我这才意识到这里的价钱比一般餐馆贵了好几倍。而买完机票我只剩5元2角钱，连付小费可能都不够。我小心翼翼地对一脸不耐烦的女招待说："呃，还有再便宜些的菜吗？比如什锦色拉之类的？""对不起，没有！我也不为乡巴佬提供服务。"人高马大的女招待有意把尖厉的声音提高了八度。其他客人不约而同地抬起头看着我们。我从容自若地站起身，微笑着说："没关系，我刚巧也不接受势利眼的服务。"四周传来一片笑声，我甚至听到有人在鼓掌。

"我也是，"坐在我邻桌的一个长着络腮胡子的大个子一边鼓掌一边说，"看来我们要另找地方吃午饭了。"他走过来很礼貌地为我拉开椅子，和我一起昂首阔步地向大门走去。满脸乌云密布的女招待这时才从震惊中回过神来，悻悻地对我说："从来没遇到过像你这样的家伙。"我开心地回答道："那是我的荣幸。"然后头也不回地跨出了百欧思则的门槛。

站在大街上，我和大个子终于忍不住大笑起来。"我知道一个做地道的意大利粉的地方，绝对不超过5元！怎么样，要去吗？"几分钟后大个子强止住笑建议道。也许是被他的幽默感染了，也许真是饿昏了头，我听见自己说："为什么不！"

十分钟后我们坐在一个狭窄却整洁的小店里，店主的英文不敢恭维，但他端出的香肠粉则刚好相反——是我有生以来吃过的最地道的意大利粉。大个子显然是这儿的常客，一边吃一边给我讲这家老板的趣事。饭后店主的小儿子为我们端来甜点。也许是首次做服务员太紧张，他不小心碰翻了大个子的杯子，柠檬茶溅了大个子一身。尽管我和大个子再三安慰他，但那可怜的孩子仍然满脸沮丧和歉意。趁着大个子没留意，我一回手把自己的水杯也打翻了，顿时地上又出现了一大汪水，我的衬衫袖子也被弄脏了。"啊，对不起！我都二十多岁了，还经常碰翻东西，如果你爸爸问起来，请代我向他道歉。"我故意大声说，小家伙终于又露出了灿烂的笑容。

一抬头看见大个子正专注地盯着我看，显然我的小伎俩没能瞒过他的眼睛，不过他装出什么也没看到的样子，很快转移了话题："这么说你大学毕业了，打算干什么？""嗯，我想演戏。不过我最大的问题是一张嘴观众就笑个不停，不管多惨的悲剧，只要我一说台词，不知道为什么总有人笑。"我沮丧地说。大个子感兴趣地盯着我的脸，仿佛想从上面找到宝藏似的。"我今天下午还有最后一次试演机会，如果不行，晚上我就回老家。""有多大把握？"大个子关切地问。"我有95%的把握——95%的把握被淘汰。哈哈！"我一副满不在乎的样子，其实心里一点儿也笑不出来。

我们各自付过账（留下小费后我还剩2角钱！）在店门前道别时，大个子突然说："作为感谢，你不介意带我去看你试演吧？""当然不介意。只要你发誓到时候一定不要笑。"

一小时后，我面对几位导演，朗诵自己精心准备的台词。但即使是外行也看得出气氛有些不对，本来是狄更斯的经典悲剧，但台下却传来阵阵笑声，只有艾芷和后排的大个子努力做出严肃的样子，但我可以看到他们眼睛里仍有抑制不住的笑意。试演后我得到剧团秘书一个简单而礼貌的答复："一有消息，我会立刻联系你。"我知道我已经没戏了。

艾芷送我到剧院门口，眼角还带着笑意："嗨，格丽斯，刚才那几个导演都说你是喜剧天才呢！要不要再留下一段时间，看有没有试演喜剧的机会？"我强作笑脸答应着，心里却酸酸地痛。我最后的希望破灭了，大家都在笑我，连老友艾芷也开始嘲笑我了，所谓"试一试喜剧"，无非是想婉转地告诉我："你没有演舞台剧的天赋，该适可而止了。"离飞机起飞还有五个小时，我知道是回家的时候了，虽然没在百老汇找到机会，但能和一个有趣的家伙一起吃顿饭也挺值得，确切地说自从毕业以后我还是第一次这么开心和放松。

这时我才猛然记起大个子还在排练场里，刚才我从后台出来时忘了和他道别了。虽然我此刻心情很不好，但我还是决定和他道个别，因为我觉

得就这样不辞而别是不礼貌的。让我做梦都想不到的是，正因为我的这个想法，我的后半生因此被改变。

我正要回去找大个子时，却看见他手里拿着一叠表格从后台出来："格丽斯，我是乔治·贝恩姆。因为中午吃饭时我刚演出完，还没来得及卸妆，对不起。"说完，他取下了粘在脸上的络腮胡子。我的嘴张成"O"字型，天啊，没错，他竟然真的就是大名鼎鼎的喜剧"新王子"乔治·贝恩姆！他怎么会知道我的名字？大个子，不，乔治微笑着说："我马上要去新泽西的纽瓦克巡回演出，需要一个搭档。这儿的导演是我的好朋友，让我看了你的申请表，我觉得很合适。怎么样，要试一试吗？"

我激动得说不出话来，只是拼命地点头，觉得心像张开的帆一样一点点地鼓起来。

很快，我就不可阻挡地"红"了，一年后，"格丽斯"这个名字在美国已经家喻户晓。

写在纸上的规则叫制度，不言而喻的规则叫文化。

最宝贵的一门课

◎雷泰平

深夜，一位中国人走进德国某小镇的车站理发室。那理发师热情地接待了他，却不愿意为他理发。理由是，这里只能为手里有车票的旅客理发，这是规定。中国人委婉地提出建议，说反正现在店里也没有其他顾客，是不是可以来个例外？理发师更恭敬了，说虽然是夜里也没有别的人，我们也得遵守规则。无奈之中，中国人走到售票窗前，要了一张离这儿最近的那一站的车票。当他拿着车票第二次走进理发室时，理发师很遗

憾地对他说，如果您只是为了理发才买这张车票的话，那么真的很抱歉，我还是不能为您服务。

当有人把深夜小站理发师的故事告诉给一群在德国留学的中国学生时，不少人感慨万千，说，太不可思议了，德国人真的是太认真了，这样一个时时处处讲规则讲秩序的民族，永远都会是一个强大的民族。但有的人就不以为然，说，偶然的一件小事，决定不了这么大的性质，一个小镇的车站，一个近乎迂腐的人，如何能说明一个民族的性格呢？双方甚至还为此发生了争执，相持不下之际，就有人提出通过实践来检验孰是孰非。于是，聪明的留学生们共同设计了一项试验。

他们趁着夜色，来到闹市区的一个公用电话亭，在一左一右两部电话的旁边，分别贴上了"男士"、"女士"的标记，然后迅速离开。第二天上午，他们又相约来到那个电话亭。令他们惊奇的一幕出现了：标着"男士"的那一部电话前排起了长队，而标着"女士"的那一部电话前却空无一人。留学生们就走过去问那些平静等待的先生：既然那一部电话前没有人，为什么不到那边去打，何必等这么久呢？被问的先生们无一不以坦然的口吻说：那边是专为女士准备的，我们只能在这边打，这是秩序啊……

留学生们不再争执了。在他们默默回去的一路上，每个人都想了很多，大家都隐隐觉得自己乃至自己身后那个曾是礼仪之邦、崇尚井然有序的民族，这许多年来，可能于无意之中已慢慢丢失了一些美好的东西。在重创民族辉煌、融入世界之流的今天，规则和秩序，也许正是我们最为需要的素质。

有一位同学感慨道："这是我们在德国学到的最为宝贵的一门课程啊！"

穷则变，变则通。天下没有不变会通的人。

改变你的策略

◎陬　人

　　有一家德国的摩托车公司，尽管他们做过各种各样的市场调查，并结合当前市场需要制定了花样翻新的促销计划，但产品的销量仍然没有丝毫的提高。万分无奈之下，这家公司的经营者找到了一个著名的市场购买动机调查专家，请他考察他们公司的实际情况，并提出促使销量提高的策略。

　　这位购买动机调查专家骑着摩托车在柏林的大街上来来回回地转了无数次，不时地与从他身边经过的骑摩托车者交谈，倾听他们的意见并了解他们内心深处的欲望。大部分摩托车的主人都会在和专家的谈话中无意间透露出等他们有钱的时候，就不想再骑摩托车了。

　　经过无数次的调查，这位市场购买动机调查专家发现，骑摩托车者大部分都是年轻人，而年轻人无意识的深层憧憬里的欲望是汽车而不是摩托车，只是因为他们目前的经济能力有限，还不能实现这个梦想罢了。

　　了解到了这一点，专家不由得思索：公司为了提高销量，仅仅专注于提高摩托车的质量，这对年轻人是没有太大诱惑力的。假使他们看到车子越来越经久耐用，他们可能还会产生一种抵触心理，心想自己到何时才能换乘一辆汽车呀。

　　从这种消费者的购买心态出发，专家给摩托车公司的建议是：不要再投入很大的资金和精力宣传自己的产品是如何地结实耐用，而应该让自己销售的摩托车给人们以汽车的联想，这样的话，公司的销售额一定会很快提升上去的。

按照市场购买动机调查专家的忠告，这家公司在自己生产的摩托车上装上了类似于汽车悬挂的大号码牌照和汽车使用的汽笛。果然，这种新型的摩托车一上市，立刻受到了广大年轻人的青睐，销量很快就提升上去了。

改变常规的销售策略，满足消费者内心深处的欲望，在商品经济社会里，这是一个出奇制胜的好办法。

如果你希望成功且付诸行动，你多半就会成功。

牛仔的故事

◎赖恩·温吉特

当我创办我的电讯公司时，我知道我需要推销员来帮我拓展业务。我张贴了告示，希望找到合格的推销员，并开始与招募人员会晤。我理想中的推销员要从事电讯工业有关的工作、明了地方性市场，并对操作不同类型的系统有相当经验，敬业且积极主动。我几乎没有时间来训练人，所以我雇请的推销员必须马上进入角色。

在招募未来人员令人疲惫的过程中，有个牛仔走进我的办公室。我从他的穿着知道他是个牛仔。他穿着横条花布的裤子和很不相称的横条花布的夹克，一件短袖的按扣衬衫，胸前的领带结比我的拳头还大，牛仔靴、棒球帽。你可以想象我在想什么："在我的新公司他可不是我心目中的职员。"他坐在我的桌子前面，脱下帽子，说："先生，我'金'地希望能够在电讯'死'业中成功。"他的发音实在糟透了。

我企图找出一种委婉的方式，告诉这家伙他完全不是我心目中的职员。我问他背景如何。他说他有俄克拉荷马州州立大学的农业学位，过去几年暑假他都在俄克拉荷马的巴特斯村农场工作。他宣称这一切都已告一

段落，现在他想在"死"业上得到成功，他"金"地希望能有机会。

我们继续往下聊。他相当注重"成功"并希望能有机会，所以我就决定给他一个机会。我说我会和他在一起两天。两天内我会教他想卖出某种小型电话系统该知道的一切。两天后他就得自己来。他问我，我认为他可以赚多少钱。

我告诉他："看你的长相和你目前所知道的来看，你最多一个月可以赚到1000美元。"我继续向他解释，每组小型电话系统的佣金是250元。如果他每个月拜访100个潜在客户，他大约就可以卖出4组小型电话系统。卖4台，他可以赚1000美元。我立即雇用了他当无固定薪水的推销员。

他说这听来很不错，因为当农场雇员每个月只有400元，他已经准备好要赚这笔钱了。第二天早上，我尽可能填鸭似的把电话"死"业所需的知识告诉这个22岁、没有做生意经验、不知电讯为何物、也没有销售经验的牛仔。他一点也不像是电讯事业的专业售货员，也不具备任何我理想中雇员的条件，除了他百分之百地冀望着成功。

两天训练结束后，牛仔（我一直这样叫他）走进他的小办公室。他在一张纸上写下了4个提示：

一、我要做个成功的生意人。

二、我每个月要拜访100个人。

三、我每个月要卖4组电话系统。

四、我每个月要赚1000元。

他把这张纸贴在小办公室座位前面的墙上，开始工作了。

第一个月结束，他并不只卖出4组电话系统。在他当推销员的前10天，他就卖出7台电话系统。

第一年，他赚的并不是12000元佣金。他的佣金竟超过6万元。

我非常惊讶。有一天，他走进我的办公室，拿着一张契约和一笔电话系统的款项。我问他这一组是怎么卖出去的。他说："我只告诉她，女士，即使它只会响，让你来接电话，这家伙也比你用的那个漂亮多了，于是她就买了。"

这个女人签了一张金额付款的支票给他，但牛仔并不确定我收不收支票，所以他载她到银行让她领现金付款。他把总共1000元的纸钞拿进我的办公室，问："赖瑞，我做得好吗？"我向他保证，他做得棒极了！

3年后,他拥有我公司的一半股权。在另一年年底,他又拥有了其他3家公司。那时我们是彼此的事业伙伴。他开着一辆32000元的人货两用车。他穿着值600元的牛仔式套装、500元的靴子,并戴着一只3克拉的马蹄形钻戒。他的"死"业已经很成功了。

牛仔怎么成功的?因为他努力工作吗?这确有帮助。他比别人聪明吗?没有。在刚开始时他对电讯事业一无所知。那是什么呢?我相信是因为他"想要成功"。

他对成功十分关注。我知道那是他所要的,他就去追求。

他负责任。他对他的处境、他自己的过去(农场雇员)负责任,然后他以行动使之截然不同。

他有决心离开俄克拉荷马的巴特斯村农场,寻找成功的机会。

他愿意改变。再做同样的事他不会得到不一样的结果。他想做应做的事使自己成功。

他有见识与目标。他认为自己像个会成功的人。他把目标分门别类写下来。他写下4个要完成的目标并把它贴在自己前头的墙上。他每天都看得到,而且聚精会神地执行。

他执行目标,并坚持不懈,这对他而言并不是一直很容易。他也经历过挫折,他比任何推销员吃了更多次闭门羹,被挂过更多次电话,但他绝不因此停下脚步,他继续往前走。

他要求,他确实很会要求!首先他要求我给他机会,然后他要求每个人,好像他们都要向他买电话系统一样。他的要求兑现了。他常说:"猪偶尔总会捡到橡果吃。"这意味着,如果你不懈地要求,最后,人们总会答应。

他在乎,他在乎我和他的顾客。他发现他只要关心客户超过关心自己,不多久他就不必担心他自己。

最重要的是,牛仔每天都像胜利者一样地开展工作!他会敲敲前门,希望有好事发生。不管发生任何事,他相信事情都会跟他想象的一样。他不预设失败,只期待成功。我发现如果你希望成功且付诸行动,你多半就会成功。

牛仔已经赚了几百万元。他也曾变得一无所有,又再把它们赚回来。在他和我的生命中,我们都相信,一旦你知道且熟悉成功的原则,它们就

成功之道

会一再地为你效力。

他的故事可以鼓舞你,他就是不靠任何环境、教育、技能和能力而成功的最好证明。他更证明了:我们通常忽略或认为理所当然的成功原则是必需的。这些都是你想成功的必要原则。

以低姿态进入,你就会发现隐藏着的希望,就像地底涌动的岩浆。

低姿态进入

◎流 沙

有一位商人,和朋友一起跑到大西北,准备投资建设一条生产石板材的生产线。

可到了那里一看,虽然有大好的石矿资源,但是市场并不见好。因为大西北经济发展水平低,居民们的家庭装潢很少用价格昂贵的花岗岩。

商人在那里考察了一段时间,觉得这不是自己大干一场的地方,他放弃了自己最初的想法,回到东南沿海去了。

他的朋友却看中这里丰富的石矿资源,和当地人办起了轧石厂,这些石子只能用来给附近的农民造屋和铺路用。

商人劝告朋友,这不是赚钱之道,这是在浪费时间和金钱。如果在别的地方搞一个项目,只要适销对路,不出几年就可以收回投资,实现营利。

朋友没有听从商人的劝告,努力办好他的轧石厂。

几年后,开发大西北的号角吹响了。他的轧石厂有了新机器,因为开发大西北必须加大基础设施建设,碎石成了抢手货。

商人闻知后,赶到西北,他和当地政府谈判,他想投资建设一家大型的轧石厂并洽谈建设板材生产线的计划。

但是，商人被告知，他的朋友已把合作意向书交到了政府有关部门，已经审批立项了。

现在，商人的朋友已是一家大型建材公司的总裁，资产逾亿元。没有人会想到一个轧石厂的老板在短短几年内会成为一家大企业的老总。

如果当年他不以低姿态在贫困的大西北呆下来，而转走他方，他就不可能有如今的成就。

一个人要想成功，以高姿态来要求，在这个竞争激烈的社会中，你很少会抓到成功的机遇。但如果你换一种方式，以低姿态进入，你就会发现隐藏着的希望，就像地底涌动的岩浆。

想看什么就去看，想做什么就去做，想去哪里就去；凡事心有所想，必定身体力行。

东方女超人"周凯旋"

◎流 云

位于北京长安街，距离天安门仅1200米的东方广场是华人首富李嘉诚投资的亚洲最大建筑群。谁曾想到，东方广场竟始于一位名不见经传的小女子之手，是她将长安街上10万平方米土地卖给了李嘉诚先生，因此获利4亿港元。她就是周凯旋。

上世纪90年代初，周凯旋是董氏集团投资的一家公司的董事，负责中国投资项目。日后成为香港特首的董建华还是董氏集团董事长。在董氏集团眼中，周凯旋是个外人，在地域和人脉上周凯旋吃亏不少。

只有极少数人知道周凯旋其人其事，周凯旋的出名主要在于北京东方广场项目。1996年，东方广场破土动工；1999年，建国50周年之前竣工。1992年，董建华下属的东方海外公司准备投资地处北京王府井边缘，位于北京饭店后面的一块地产。

1992年8月的一天，这个年轻女人采用一种最直接的办法去实现梦想——她在长安街上走来走去，搜寻着自己的目标，最后将目光锁定在儿童电影院那幢6层高小楼上。她决定将小楼重新装修一下，然后开一家店。

一位女经理接待了她。周凯旋开门见山，说自己想买这幢小楼。如此大事，女经理岂敢做主，就打电话通知了当时的东城区文化局长陈平。很快，陈平告诉她另一个令人欣喜若狂的消息：儿童电影院不能单独开发，整个东长安街及王府井地区都属于统一规划，要开发儿童电影院必须将其周边1万平方米面积整片开发。

周凯旋毫不犹豫，马上决定：整块地全部做。后来周凯旋又提出了一个更大胆的计划：把周边几块地一并吃下，占地面积从1万平方米逐渐扩至10万平方米。既然是以董氏集团的东方海外公司名义做，项目名称就叫"东方广场"。毫无地产经验的周凯旋在日后分析自己当初的投资意识时这样说："财富机会只会降临在有胆识又很谨慎的人身上。"

东方广场项目在香港引起了轰动，董建华亲自出面，邀请多家地产商合作，也曾找到香港地产界头号人物李嘉诚。周凯旋亮出所有单位的合作意向书，提出如果李嘉诚要做这个项目，自己应该赚取相当于总投资2.5%的佣金。她一举成功。

1993年秋天，周凯旋在北京王府饭店第一次认识李嘉诚，她事先准备了厚厚一摞材料，精心组织了各种理由以说服李先生。当他们面对面坐下时，李嘉诚开口就问，负责这个项目是否因为你有丰富的地产经验？周凯旋直言相告没有。李先生没再追问她的经验和阅历，只问她用什么办法搞定拆迁和土地平整。5分钟后事情谈妥，李嘉诚一口答应了周凯旋提出的佣金比例，并由她负责全部拆迁和办成全套手续。果然，6个多月后，东方广场所征用土地全部腾空，地面建筑物夷为平地。

1996年1月，周凯旋将手续齐备的10万平方米"熟地"交给东方广场的项目公司，她按东方广场20亿美元总投资的2.5%得到4亿港元佣金。她只将一半提现，另一半则转为东方广场股权，作为长线投资。

无疑，东方广场项目是周凯旋的得意之作，她是集中所有精力去做了一件大事。"这件事前后做了5年，赚到了我人生最大的一笔钱。"拿到现金的那天，她把香港最繁华的中环地区每家店铺都逛了一遍，结果是"每一件昂贵的商品我都买得起，但我没买。"周凯旋至今不忘当时那一刹那的感受："心里觉得很富有。"

因为东方广场项目的关系，周凯旋逐渐靠近了李嘉诚所在的长江实业集团。她的商业策略规划能力也让人刮目相看。

1999年互联网热兴起，正是听从了周凯旋的主意，李嘉诚在2000年3月力推Tom网上香港创业板，也正是此举在香港市场公开捧红了周凯旋。据当时的报道，李周二人合创Tom时，后者仅以30万港元入股，结果上市以后身价飞升至最高127亿港元，成为了亿万富翁。

女人是多变的，女人又是多面的。周凯旋就是这样一个玲珑剔透的女子。

真正出色的领导者，绝非事必躬亲，而是知人善任，特别是敢于起用比自己更优秀的人才。

用比自己更优秀的人

◎ 蒋光宇

约翰·亚当斯是美国历史上的第二位总统，为美国的独立立下过汗马功劳。

亚当斯在接替华盛顿就任总统时，美国正面临着与法国关系破裂的危险。到了1797年底，两国处于剑拔弩张、一触即发的交战前夕。

常识告诉亚当斯，要打胜仗，必须要有得力的统帅指挥。有很多人劝他亲自统帅军队，但他认为自己并不具有军事上的特别才能。思来想去，他认为华盛顿才是唯一能够唤起美国军魂、团结全美人民的统帅。最后，他下定决心请华盛顿出山。

亚当斯的亲信们得知后，一致表示反对。他们认为，如果华盛顿复出，会再次唤起人民对他的崇敬和留恋，这样势必对亚当斯的威望和地位造成威胁。

千军容易得，一帅最难求。亚当斯毫不动摇，认为国家的利益和命运高于一切。他授权汉尼尔顿立即给华盛顿写了一封信，请求华盛顿再次担当大陆军总司令，指挥美军打败入侵者。

与此同时，又亲自给华盛顿写了封信。信中诚恳地写到："当我想到万不得已而要组织一支军队时，我就把握不准到底是该起用老一辈将领，还是起用一批新人，为此我不得不随时要向你求教。如果你允许，我们必须借用你的大名去动员民众，因为你的名字要胜过一支军队。"

华盛顿接到信后很受感动，表示愿意立刻肩负重任。幸运的是，就在

华盛顿准备率军出征的前夕，亚当斯终于通过外交斡旋的途径同法国达成了和解。

这件事被美国人民传为佳话，亚当斯的正直与豁达也被广为传诵。后来，有位著名的记者采访他，问到："您为什么不怕华盛顿复出会再次唤起人民对他的崇敬和留恋，进而威胁您的威望和地位？为什么敢于起用比自己更优秀的人？"

亚当斯开始没有直接回答，而是先给这位著名记者讲了自己少年时的一件往事。

"年幼的时候，父亲要我学拉丁文。那玩意儿真无聊，我恨得牙痒痒。因此，我对父亲说，我不喜欢拉丁文，能不能换个事情做？"

"好啊！约翰，"父亲说，"你去挖水沟好啦，牧场需要一条灌溉渠道。"

于是，亚当斯真的到牧场去挖水沟。可是，拿惯笔的人，拿不惯锹。那天晚上，他就后悔了，整个身子疲惫不堪。只是他的傲气不减，不愿意认错。于是，他咬紧牙关又挖了一天。傍晚时，他只好承认："疲惫压倒了我的傲气。"他终于回到了学拉丁文的课堂上。

在以后的岁月里，亚当斯一直记着从挖水沟这件事中得到的教训：必须承认人有所长，也有所短；人有所能，也有所不能。认为自己样样都行，实际上恰恰是自己的不自量力。

亚当斯深有体会地说："真正出色的领导者，绝非事必躬亲，而是知人善任，特别是敢于起用比自己更优秀的人才。如果高层领导者事无巨细，一律包揽，那只能成为费力不讨好的勤杂工式的领导者。"

正是因为亚当斯知人善任，才能凭借众多的优秀人才，特别是凭借那些比自己更优秀的人才，一步一步地攀登上了成功的巅峰。

成功之道

不经风雨，长不成大树；不受百炼，难以成钢。

向下走的境界

◎刘克升

经过十几年的打拼，他终于拥有了自己的"航空母舰"：一个下辖十几家子公司的大型集团公司。为了进一步把事业做大、做强，后来公司又招聘了一批新员工，并打算把他们全部充实到各个子公司去。

消息传来，新员工们不满意了。他们都是本科及以上的学历，不理解公司为什么把自己发配到那些子公司去。

信息反馈到他那里，他思索了一下，把新员工召集到了一起，问道："我记得你们当中有一位是专修园林专业的，能不能出来回答我一个问题？"我就是那个学过园林专业的新员工，等我站起来后，他微笑着说："请您给大家介绍一下，天牛幼虫在树木里取食时，它的行走方向有什么特征？"

这个自然难不倒我。我不假思索地说："按照天牛幼虫行走的规律，它应当是自上而下在树木的身体里穿行的。也就是说，如果一根树枝上有好几个虫眼，我们完全可以断定，这个天牛幼虫一定隐藏在最下方的一个虫眼里。"

当我介绍到这里时，他把话接了过去："说得非常好！大家想一想，天牛幼虫为什么要自上而下地行走？因为它要永远取食最新鲜的木质啊。这样羽化出来的天牛成虫，才是最棒的、最有活力的。从这个意义上来讲，越是在高层就越容易破坏掉你们的创造力，而基层可以使你们不断地保持活力，成长为最棒、最有发展前途的员工……"

时间一年年地过去了。如今，我们那一批新员工，有很多人已经长硬了翅膀，逐渐从天牛幼虫转化为一个个展翅飞翔的成虫，占据了公司绝大部分的高层职位。

第四辑 智慧开路

智慧是什么？

智慧是对事物价值的透彻了解，

是能够在平凡中发现奇迹的眼光或创造力。

哪里有智慧，

哪里就有办法，

哪里就有价值，

哪里就有出路。

一朵鲜花打扮不出美丽的春天，众人先进才能移山填海。

一则故事 改变一生

能打开所有门的钥匙

◎蔡一峰

　　我的一个朋友在一所大学里当宿舍管理员，有一次聊天，她告诉我一件有趣的事情。

　　她管理的那个楼住着一群男生，每个宿舍四个人，每个人一把钥匙，这些学生很爱睡懒觉，总爱拖到快上课了才匆匆忙忙地起来刷牙洗脸，然后直奔教室。等到下课回来，一摸口袋，坏了，钥匙忘在宿舍里了，于是只能等其他同学回来开门。四个人中总有一两个人带着钥匙，可总有那么几次，四个人全忘了带钥匙，于是全被堵在宿舍外了。没办法，只能来找宿舍管理员，也就是我的朋友，她保管着整个楼所有宿舍的备份钥匙。

　　次数多了，朋友便觉得麻烦。她定了个规矩，每个宿舍每学期来找她要钥匙的次数不得超过三次，超过三次者，自己找工具把锁撬开，然后再掏钱买把新的。

　　期末的时候，朋友把所有宿舍的情况做了一次统计，她发现了一个有趣的现象：5楼几个连在一起的宿舍，501到506，居然一次也没来麻烦她开过门！一次记录也没有的宿舍不是没有，可现在有六个宿舍，而且还是连在一起的。这引起了朋友的兴趣。

　　为了解开心里的疑团，朋友特地敲开了504的门，终于知道了他们的秘密。原来，他们每个宿舍都另外配了一把新的钥匙，存放到下一个宿舍中，这么说吧，把六个宿舍和六把钥匙分别编上号，他们的办法就是：把钥匙一存放到宿舍二，把钥匙二存放到宿舍三，依此类推，最后把钥匙六存放到宿舍一。这么一来，二十四个人中只要有一个人带了钥匙，那所有

人都不会被堵在宿舍外,因为只要有一把钥匙,就能先打开一道门,然后取得第二把钥匙打开第二道门,就这样,一直到打开所有的门。

听到这里,我忍不住拿出笔来算了一下。假设每个学生忘记带钥匙的几率是50%(实际上应该小于这个数字),那么会不会出现二十四个学生都不带钥匙的情况呢?理论上是可能的,由概率论可以算出,这个几率应该是1/16777216——几近于零!

我不禁佩服起这一群聪明的小伙子来。他们互相信任,彼此合作。一盘散沙,各自为战时,每个人都有手忙脚乱的时候;而只有并肩站到一起,共同面对问题,才能挖掘出最大的潜能,这时候,问题往往变得不堪一击,因为这时候,每个人手里都多了一把钥匙,一把能打开所有门的钥匙。

骄傲自满是一座可怕的陷阱;而且,这个陷阱是我们自己亲手挖掘的。

成熟的谷穗懂得弯腰

◎戈文秀

有位刚刚退休的资深医生,医术非常高明,许多年轻的医生都前来求教,要求投靠在他门下。资深医生选了其中一位年轻的医生,帮忙看诊,两人以师徒相称。应诊时,年轻医生成为得力助手,资深医生理所当然是年轻医生的导师。

由于两人合作无间,诊所的病患者与日俱增,诊所声名远播。为了分担门诊时越来越多的工作量,避免患者等得太久,医生师徒决定分开看诊。

病情比较轻微的患者,由年轻医生诊断;病情较严重的,由师父出

马。实行一段时间之后，指明挂号给医生徒弟看诊的病患者，比例明显增加。起初，医生师父不以为意，心中也高兴："小病都医好了，当然不会拖延成为大病，病患减少，我也乐得轻松。"

直到有一天，医生师父发现，有几位病人的病情很严重，但在挂号时仍坚持要让医生徒弟看诊，对此现象他百思不解。

还好，医生师徒两人彼此信赖，相处时没有心结，收入的分配，也有一套双方都能接受的标准制度，所以医生师父并没有往坏处想。也就不至于到怀疑医生徒弟从中搞鬼、故意抢病人的地步。

"可是，为什么呢？"他问，"为什么大家不找我看诊？难道他们以为我的医术不高明吗？我刚刚才得到一项由医学会颁赠的'杰出成就奖'，登在新闻报纸的版面也很大，很多人都看得到啊！"

为了解开他心中的疑团，我来到他的诊所深入观察。本来我想佯装成患者，后来因为感冒，也就顺理成章地到他的诊所就医，顺便看看问题出在哪里。

初诊挂号时，负责挂号的小姐很客气，并没有刻意暗示病人要挂哪一位医生的号。

复诊挂号时，就有点学问了，发现很多病人都从师父那边，转到医生徒弟的诊室。问题就出在所谓的"口碑效果"，医生徒弟的门诊挂号人数偏多，等候诊断的时间也较长，有些病人在等候区聊天，交换彼此的看诊经验，呈现出"门庭若市"的场面，让一些对自己病情较没有信心的患者趋之若鹜。

更有趣的发现是，医生徒弟的经验虽然不够丰富，但就是因为他有自知之明，所以问诊时非常仔细，慢慢研究推敲，跟病人的沟通较多、也较深入。而且很亲切、客气，也常给病人加油打气："不用担心啦！回去多喝开水，睡眠要充足，很快就会好起来的。"类似的心灵鼓励，让他开出的药方更有加倍的效果。

回过来看看医生师父这边，情况正好相反。经验丰富的他，看诊速度很快，往往病患者无须开口多说，他就知道问题在哪里，资深加上专业，使得他的表情显得冷酷，仿佛对病人的苦痛渐渐麻痹，缺少同情心。

整个看诊的过程，明明是很专业认真的，却容易使病患者产生"漫不经心、草草了事"的误会。当我向医生师傅提出这些浅见时，他惊讶地张大了嘴巴："对呀！我自己怎么都没有发现！"

这是谷穗弯腰的哲学，其实，很多具有专业素养的人士，都很容易遇到类似的问题。

并不是故意要摆出盛气凌人的高姿态，但却因为地位高高在上，令人仰之弥高，产生遥不可及的距离感。

别忘了！越成熟的谷穗，越懂得弯腰。

或者，我们也可以来个逆向思考，越懂得弯腰，才会越成熟。

只问耕耘不问收获。

奔走的蚂蚁

◎佚　名

一只蚂蚁爬上了办公桌，急匆匆地向前奔走。

它黑黑的，小小的，奔走在偌大的办公桌上，愈发地显得单薄和纤小。我不知道它从什么地方来，要奔赴到什么地方去。我所清楚的是，这只蚂蚁一定在匆忙之中走错了方向，毕竟，我这里除了一桌子的寂寞，什么也没有。我把手放在它奔走的前方，待它爬进我的掌心后，轻轻地把它送归到地板上。——我不想让它在迷途中走得太远。

然而，没多久，它又从桌子的另一角出现了，依旧是一样的匆忙。我笑了，重新把它送归到地板上，心想，如果再找不对路，它一天的时光可能就要荒废了。不料，我刚刚把它放在地板上，它顺势一扭身，竟然不屈不挠地从远处的另一条桌腿攀了上来。

那一刻，我突然发现我错了。人总是习惯以自己的思维揣度其他的生命，凭个人喜好设定目标，不愿多走弯路。其实呢，也许，蚂蚁所享受的，只是奔走的快乐。

有时，大众趋之若鹜的事情未必有多大价值，适当的时候，我们不妨离开人群。

到别处去寻找肥肉

◎张小失

一天吃午饭，我端着碗坐在树阴下，发现地上一块骨头爬满了蚂蚁。这些蚂蚁忙得热火朝天不亦乐乎，而骨头却纹丝不动，况且，骨头上也没肉，拖回去干什么？我觉得好笑，也为蚂蚁们的勤奋而感动，于是捡了块肥肉，为便于拖运，还嚼碎了吐在地上，给它们。

但是，这些蚂蚁全神贯注于骨头，根本不知道附近有美味的肥肉。它们上下左右地爬啊、咬啊、拽啊，黑压压一片，眼看着劳动力过剩，就是没有谁往肥肉这边跑一步。

我闲着没事，想看看这些碎肉最终归谁。因为附近的树根、墙角有好几处蚂蚁窝，总会有"人"发现的。

这时，骨头边出现一只神态慌张的蚂蚁，好像是刚刚赶来的。兄弟们忙于拽骨头，没有谁注意它。它围着骨头跑来跑去，想帮一把，但挤不上去。它似乎很生气，甚至向骨头发起冲锋，但仍然被兄弟们挤了下来。

这只蚂蚁终于丧气了，在外围转了几圈，像是在思考什么。接着，它离开兄弟们，向别处走去。一路走走停停，显然是想开辟新的战场。走到墙角处，它一转身，向肥肉这边爬来。

我很兴奋地盯着它，期待它撞上好运！果然，它的触角准确地碰上了肥肉！只见它一愣，然后迅速咬住一颗肉粒，拼命拖！当大部队还在攻打那块没有指望的骨头时，这只单枪匹马的小蚂蚁在别处获得了好运。

有时，大众趋之若鹜的事情未必有多大价值，适当的时候，我们不妨离开人群，像那只小蚂蚁一样，去寻找没人抢夺的肥肉。

许多人都信奉"三思而后行"这句话,但却不知,绝大多数时候他们更需要的是将任务尽快完成。

巴顿选人

◎翁林景

美国四星上将巴顿在提拔下属之前通常会把所有的候选人集中到一块,然后将一个需要解决的问题摆在他们面前。

一次,巴顿说:"伙计们,今天我要在仓库后面挖一条8英尺长,3英尺宽,6英寸深的战壕。"说完,他就走开了。其实这只是装装样子,在那帮候选人旁边,有一个带着窗户的仓库,巴顿就待在里面悄悄观察外面的人。

那些人领到工具以后便议论纷纷,他们奇怪为什么要挖这样一条战壕。

"6英寸深,连个人都藏不住!"有人大声嚷嚷。

"这样的战壕不行,待在里面一定很冷。""不,是很热。"也有人这样争论。

"这种事情怎么能叫军官来干?"还有人提出质疑。

最后,有个人对大家喊到:"让我们把战壕尽快挖好再赶快离开这个鬼地方吧,那个老畜生想用它干什么都和我们没关系。"这个家伙后来被巴顿提拔了。

巴顿总结:"我必须挑选不找任何借口完成任务的人。"

许多人都信奉"三思而后行"这句话,但却不知,绝大多数时候他们更需要的是将任务尽快完成。

智者的智慧就在于及时调整思路，不断寻找解决问题的方法和途径。

"隐藏"苏伊士运河的启示

◎李光乾

苏伊士运河是一条长100多公里、宽70多码的大河。若采用常规方法隐藏，再高明的伪装专家也难以将它隐藏得不露丝毫破绽，而采用非常规方法隐藏，千里眼也觅不着它的半点踪影。

这是发生在二战时的一个故事：

1941年3月24日，天刚破晓，希特勒的心腹隆美尔就发起了凌厉的进攻。他的装甲车摧毁了英军第二装甲师，占领了班加西港，击败了印度摩托旅，把澳大利亚第9师困在托布鲁克，使英军残部丢盔弃甲一路向东败退到埃及边境。胜利的隆美尔只待希特勒一声令下，就冲进埃及，夺取苏伊士运河，斩断英国的海上运输线。

危急关头，巴斯卡上校给魔术师马斯克林布置了一项紧急任务：隐藏苏伊士运河。马斯克林接受任务后，设计了一个又一个迷惑敌人的假象，制定了一个又一个"隐藏"苏伊士运河的方案，然而都不奏效。就在他灰心丧气、准备放弃时，他想到了另一个方法：用魔术中的障眼法来蒙蔽晚上靠近苏伊士运河的纳粹投弹手。马斯克林断定，如果在运河沿岸安装足够的探照灯，就会形成强烈的光屏，德国空军要想透过强烈的光屏障碍瞄准苏伊士运河是不可能的。他立即着手进行试验，经过不断的改进，每个探照灯都被改装成24条单独光束，向空中射出9英里的光线，24个探照灯急速回旋，夜空就是一片炫目的白光。果然，后来纳粹空军执行了无数次轰炸任务，都不能穿越这个炫目的光屏，苏伊士运河被安全地"隐藏"了。

马斯克林的成功就在于及时调整思路。他原先采取的种种方法都是消

极防御，被动挨炸，只有在天空设一道屏障，将纳粹的空军挡在苏伊士运河上空之外，才是上策。常言道："此路不通走彼路"，当一种方法行不通时，不妨另换一种方法。知难而退，另辟蹊径，才是上策。智者的智慧就在于及时调整思路，不断寻找解决问题的方法途径。

当我们放弃原来的方案，重新采用一种更切合实际、更为有效的方法时，成功就指日可待了。

我们应该常常学船长的样子，在狂风暴雨之下把笨重的货物扔掉，以减轻船的重量。

谁能舍弃一个瓶子

◎佚　名

电影《上帝也疯狂》记录的是发生在非洲卡拉哈里地区的一个故事。

这是个似沙漠又非沙漠的地区，在荒僻处，生活着一大家黑人。虽然与现代文明隔绝，然而他们的日子却自足而又快乐。

一天，主人公基从外边打猎归来，捡到了一个从天而降的可乐瓶子。他们从来没有见过这个"怪物"，它质地坚硬，太阳下闪闪发光，放在嘴边还能吹出好听的声音，他们坚信这是上帝赐给他们的一件不同凡响的礼物。开始时，大人们互相传递，爱不释手，谁都想让瓶子在自己的手里多停留一会儿。后来便是孩子，常常因为得不到它而打架——生活，因为这样一个突然降临的瓶子而不再宁静了。

往昔平静而祥和的家，因为这个瓶子，开始变得不再和睦。于是，基决定带上这个邪恶的东西，走到天边，把它归还给上帝……

也许基根本走不到天边，也许他最终见不到上帝。但是，正是由于有了这样一份舍弃，让我们发现这一刻的世界，比前一刻的世界更美，更富有人情味，也许，这已经就够了。

知识本身并没有告诉人们怎样运用它，运用的方法乃在书本之外。

强盗箴言

◎紫 塞

安萨里外出游学近十载，几乎集中了那个时代人与主的全部智慧。他把这些书籍、笔记打包背在身上。

终于，他可以背着自己鼓鼓囊囊的包回家了，离开尼沙布尔——那个中世纪最负盛名的"知识之城"——满怀着对知识的虔诚。

在西亚通向中亚的茫茫高原上，有好多的商队，为知识而奔波的人毕竟是少数，而为金钱不择手段者则充塞了道路。

安萨里遇到了强盗。他们搜掠了商队的所有财宝。现在轮到安萨里了。

"除了这些东西，我可以把我所有的东西给你们，求你们把这些东西留给我。"安萨里抱着自己的包裹。

这些东西是什么？难道比金银珠宝更贵重？强盗们打开了安萨里的包，看到里面不过是一大堆黑纸。强盗们大概很迷惑，这个文弱的青年不远千里要背回家的难道是这堆没有一点儿光泽的黑纸？

"这是什么？有什么用处？"

"这是我多年的学习笔记，对你们毫无用处，对我却是无价之宝。如果你们把它拿走，我的知识就没了。求求你们，我在求知的路上付出了太多的艰辛啊。"

黄沙弥漫，地阔天空。中世纪的太阳高悬在一文不名的年轻学者和腰缠万贯的强悍文盲头上，苍茫而鲜亮。

强盗头子哈哈大笑："抢走你的知识？哼！"强盗们发出此起彼伏的

笑声。"什么知识？我看到的不过是一堆破书和笔记而已。捆在包里的知识、能被我抢走的知识恐怕不是你的知识吧。蠢货，打你都怕脏了我的手，滚吧！"

史书没有记载安萨里包裹的去向。我大胆推测，强盗们一定是以轻蔑的眼神狠狠地把包裹掷向安萨里的怀里，绝尘而去。

安萨里后来成为塞尔柱王朝时期最伟大的思想家和著作家，他的《哲学家的矛盾》、《迷途指津》成为那个时代思想的高峰，他的仅有两万多字的《致孩子》在上个世纪被联合国教科文组织指定为世界儿童必读书。安萨里说："引导我思想成长的最好箴言是从强盗的口中听到的。"

灵魂得救了，才是制裁的最终目的。

选择拯救

◎佚 名

安东尼奥就任纽约市市长之后，在所有的政绩中，有一件事是值得称道的，那就是治理纽约地铁站里的小偷和抢劫现象。

他采取的办法不是暴力，而是在地铁站里不停地播放贝多芬、莫扎特的古典音乐。其中《圣母颂》是播放次数最多的音乐。这样做的效果是，地铁站内多发的抢劫、偷盗行为大为减少，发案率创下历届政府的最低。

制裁还是拯救，安东尼奥选择了拯救。因为拯救一个人的灵魂，要比任何手段都要高明。拯救，还是制裁，只是方法上的不同，但反映到效果上，却也有着明显的差异。

制裁是一种手段，它的第一目标就是遏制。制裁当然还有第二种、第三种目标……但是终极目标后面应该是拯救一个人的灵魂。灵魂得救了，才是制裁的最终目的。

人类既强大又虚弱，既卑琐又崇高，既能洞察入微又常常视而不见。

令人惊叹的洞察力

◎朱华贤

这是一则令人惊叹而又值得回味的轶事——

1966年7月，《中国画报》刊登了王铁人的照片。日本人从王铁人头戴皮帽及周围的景象中推断出，大庆地处零下30度左右的东北地区，大致在哈尔滨和齐齐哈尔之间。1966年10月，《人民中国》杂志在介绍王铁人的文章中，提到了马家窑，还提到了钻机是人推、肩扛弄到现场的。日本人据此推断出油田与车站距离不远，并从地图上找到了这个地方。接着，又从一篇报道王铁人1959年国庆在天安门上观礼的消息中分析出，1959年9月王铁人还在玉门，以后便消失了，这表明大庆油田开发的时间是1959年9月以后。1966年7月，日本人对《中国画报》上刊登的一张炼油厂照片进行了研究。照片上没有尺寸，但有一个扶手栏杆。按常规，扶手栏杆高1米左右，他们依比例推算出炼油塔的内径、炼油能力，并估算出年产量。由此日本人得到了当时我们还极为保密的商业情报，开始与我们进行出卖炼油设备的谈判。

聪明的日本人能从几乎没有前提的情况下，看出确确实实的"有"来，这实在是一种超人的智慧，更是一种非凡的洞察力。画报上的一顶皮帽子、一个扶手栏杆、一篇国庆观礼的消息，这与当时中国的炼油能力有什么关系呢？简直是风马牛不相及，但是，日本人从这些在别人看来根本没有联系的事物中找到了必然的联系，从而作为谈判的依据。其洞察力令人叫绝。管中窥豹，可见一斑。战败后的日本，之所以在不长的时间内一跃成为世界一流的经济强国，毫无疑问，与他们这种敏锐的洞察力是密不可分的。

人的思维应具有辩证性，不应该拘于一端，当一方受阻，应改向他方出击。

把名字写在灯笼上

◎董中怡

有三个著名演员应邀到一个剧场同台演出。他们向剧场经理提出同样一个要求，即在海报上把自己的名字排在前面，否则，他们将退出演出。

三名演员同台献艺的消息早已传出，总不可能改为个人专场演出。何况这几位演员都是走红明星，得罪哪一个都对剧场经营不利，这真是个令人头痛的问题。

不过，剧场经理略经思索之后就满口答应了他们的要求。

到演出那天，三位演员到剧场一看，海报不是一般的纸面形式，而是一个不断转动的大灯笼，三个演员的名字都写在灯笼上，三个名字转圈出现，谁都可以说自己的名字排在前面，于是三位演员皆大欢喜地参加了演出。

静止是相对的，有条件的，暂时的；运动是绝对的，无条件的，永恒的；动中有静，静中有动。

由此推想：当我们碰到难题，如果用静态思维不能解决时，那就改用动态思维试试。

上例剧场经理就在于运用了"动态思维"，这一动，不仅动出了经济效益，而且还动出了创造性的智慧，所以人的思维应具有辩证性，不应该拘于一端，当一方受阻，应改向他方出击。

073

世界是多维的，人们看问题的角度也应当是多维的。

思维能倒转吗

◎ 姜维群

对于苍蝇，人们似乎有这样的思维定式：苍蝇——肮脏——消灭。作为四害之一的苍蝇人们深恶痛绝，我们能否反过来看它呢？

在第一次世界大战期间，医疗条件很差，不少伤兵不仅得不到外科的医疗处理，甚至连最简单的急救包扎和消炎也来不及。几天后，这些伤兵的创口被丝光绿蝇（天津人叫它绿豆蝇）下了卵而且生了蝇蛆，看起来让人恶心。可是，这些伤兵既不发烧，伤口也不腐烂，相反，创口竟逐渐好转且愈合了。这一奇妙的现象让医生困惑了。

于是有人倒转过来思维了。虽然蝇脏，却能不被细菌感染，这正是说明苍蝇有极强的抗菌功能。

在美国华盛顿，一位老人长期卧床，身上长了大面积的褥疮，使用各种抗菌素均无疗效，医院束手无策了。一位当地医生采用"蝇蛆疗法"，先用绿头苍蝇在马肉上产卵成蛆，然后将蝇蛆处理后放养在患者伤口上，结果褥疮腐肉被蛆虫一扫而光，伤口很快愈合了。

用最肮脏的东西完成了最圣洁的"工作"，这不是反向思维又是什么？

庄子曾讲过这样一个故事，有人种葫芦，一下子结了一个大葫芦。葫芦一般是用来盛酒水液体的，由于这只葫芦太大，如装满水肯定会炸裂，倘锯开用它的一半当瓢舀水用又没有那么大的缸。于是庄子这位哲人说话了，你们只知把水装在里面，而不知把水装在它的外面，把它放在河中当船用不是很好吗？

苍蝇有害，却可以变害为宝；大葫芦盛不了水，反过来用水盛它，化废为用。

这就是睿智过人的倒转思维。

第五辑 心灵妙方

高贵的心灵之所以高贵，

正是因为它虽被庸俗所包围或缠绕，

但却不会被庸俗所污染。

高贵的心灵是永不沉没的人性的方舟，

任凭庸俗的流水泛滥横溢，

它永远都将保持住自己的高度！

拒绝是一种权利，就像生存是一种权利。

安琪拉的心语

◎芭芭拉

当安琪拉只有两三岁的时候，她的父亲和母亲就告诉她，她必须听从所有人说的话。如果她不遵守这一条规则，她就得挨耳光，然后被送上楼去睡觉。

最后，安琪拉成为了最听话的小孩。她从不生气，也绝不会乱使性子。不管她的父母说什么，她都视为金科玉律。

安琪拉在学校也是品学兼优。她的老师说，她教养良好，端庄文静。可是安琪拉的内心世界，他们永远都不会去了解的。

安琪拉的朋友很多，他们知道她是那种会为他人赴汤蹈火的女生，即便她染上感冒，确实需要休息时，只要有人问她能否伸出援手，她还是会回答没问题。

安琪拉32岁时，已是个律师的太太。她有房子、舒适的生活和一个4岁的小女孩。当有人问她感觉如何时，她总是回答："不错。"

但是在一个接近圣诞节的夜晚，家人都已入睡后，她却辗转难眠。因为突然有一个可怕的思绪在她的脑海中盘旋不已。不知道为什么，也不明白这个念头是如何产生的，她竟然希望走向生命的尽头。

这时，她突然听到发自内心深处的一个轻柔低沉的声音，那个声音只说了一个字，就是……不。

从那一刻起，安琪拉突然真正地明白她应该怎么办。她此后一生的快乐全仰赖于这个字。以下就是她所爱的人听到的心语：不，我就是不愿意；不，我不同意；不，那应该由你去负责；不，我认为那是不对的；

不,我需要其他的东西;不,我伤得很深;不,我累了;不,我很忙;以及,不,我宁可不干!

她的家人为她的改变感到震惊,她的朋友表示讶异。安琪拉确实不同以往了,这点从她的眼眸里可以看出,那里面不再弥漫着委屈的臣服。就在三年前的那一晚,安琪拉懂得了一个人在有些时候必须说不。

现在,安琪拉以做好一个有独立人格的人为先,然后她才是一个母亲和妻子。她开始有了属于自己的独立生活。她和许多奋斗中的女人一样具有天分和野心。她有情绪、需要和目标。

对儿子和女儿,她说:"顺从虽无不好,但是如果你不懂得说不,那么你将永远无法彻底成为你想成为的人。由于我知道我有时会出错,也由于我如此深爱你们,所以,即使你们对我说不,我也一样很爱你们。而你们,也永远都是我的天使。"

人如果失去了诚实,也就失去了一切。

在心灵最微妙的地方

◎刘　庸

我的心底总藏着三个小故事,每次想起,都一惊。因为我原以为自己很聪明、很客观,直到经历这些故事之后,才发觉许多事,只有亲身参与的人,方能了解。那是人性最微妙的一种感觉,很难用世俗的标准来判断。

当我在圣若望大学教书的时候,有一位同事,家里已经有个蒙古症的弟弟,但是当他太太怀孕之后,居然没做羊水穿刺,又生下个"蒙古儿"。消息传出,大家都说他笨,明知蒙古症有遗传的可能,还那么大意。我也曾在文章里写到这件事,讽刺他的愚蠢。直到有一天,他对我

说："其实我太太去做了穿刺，也化验出了蒙古症，我们决定堕胎。但是就在约好堕胎的那天上午，我母亲带我弟弟一起来看我们。我那蒙古症的弟弟，以为我太太得了什么重病，先拉着我太太的手，一直说保重！保重！又过来，扑在我身上，把我紧紧抱住，说，哥哥，上帝会保佑你们。他们走后，我跟太太默默地坐了好久。不错！我是曾经怨父母为什么生个蒙古儿，多花好多时间在他身上。但是，我也发觉，他毕竟是我的弟弟，他那么爱我，而且毫不掩饰地表现出来。我和我太太想，如果肚子里的是个像我弟弟那么真实的孩子，我们能因为他比较笨，就把他杀掉吗？他也是个生命、他也是上帝的赐予啊！所以，我们打电话给医生，说我们不去了……"

二十多年前，我当电视记者的时候，有一次要去韩国采访亚洲影展。当时出国的手续很难办，不但要各种证件，而且得请公司的人事和安全单位出函。我好不容易备妥了各项文件，送去给电影协会代办的一位先生。可是才回公司，就接到电话，说我少了一份东西。

"我刚才放在一个信封里交给您啦！"我说。

"没有！我没看到！"对方斩钉截铁地回答。

我立刻冲去了西门町的影协办公室，当面告诉他，我刚才确实细细点过，再装在牛皮纸信封里交给了他。

他举起我的信封，抖了抖，说："没有！"

"我以人格担保，我装了！"我大声说。

"我也以人格担保，我没收到！"他也大声吼回来。

"你找找看，一定掉在了什么地方！"我吼得更大声。

"我早找了，我没那么糊涂，你一定没给我。"他也吼得更响。眼看采访在即，我气呼呼地赶回公司，又去一关一关"求爷爷、告奶奶"地办那份文件。就在办的时候，突然接到影协"那个人"的电话。

"对不起！刘先生，是我不对，不小心夹在别人的文件里了，我真不是人、真不是人、真不是人……"

我怔住了。忘记是怎么挂上那个电话的。我今天虽然已忘记了那个人的长相。但不知为什么，我总忘不了他那个人。明明是他错，我却觉得他很伟大，他明明可以为保全自己的面子，把发现的东西灭迹。但是，他没这么做，他来认错。我佩服他，觉得他是一位勇者。

许多年前，我应美国水墨画协会的邀请，担任当年国际水墨画展的全权主审。所谓"全权主审"，是整个画展只由我一个人评审；入选不入选，得奖不得奖，全凭我一句话。他们这样做的目的，一方面是尊重主审，一方面是避免许多评审"品味"相左，最后反而是"中间地带"的作品得奖。不如每届展览请一位不同风格的主审，使各种风格的作品，总有获得青睐的机会。那天评审，我准备了一些小贴纸，先为自己"属意"的作品贴上，再斟酌着删除。

评审完毕，主办单位请我吃饭，再由原来接我的女士送我回家。晚上，她一边开车，一面笑着问："对不起！刘教授，不知能不能问一个问题。没有任何意思，我只是想知道，为什么那幅有红色岩石和一群小鸟的画，您先贴了标签，后来又拿掉了呢？"

"那张画确实不错，只是我觉得笔触硬了一点，名额有限，只好……"我说，又笑笑，"你认识这位画家吗？"

"认识！"她说，"是我！"

不知为什么，我的脸一下子红了。她是水墨画协会的负责人之一，而且从头到尾跟着我，她只要事先给我一点点暗示，说那是她的画，我即使再客观，都可能受到影响，起码，最后落选的不会是她。一直到今天，十年了，我都忘不了她。虽然我一点都没错，却觉得欠了她。

三个故事说完了。从世俗的角度看，那教授是笨蛋、那影协的先生是混蛋、那水墨画协会的女士是蠢蛋。但是，在我心中，他们都是最真实的人。在这个平凡的世界，我们需要的，不见得是英雄、伟人，而是这种真真切切、实实在在，可以不忠于世俗，却无负于自己良心的人。每次在我评断一件事或一个人之前，都会想到这三个故事，他们教了我许多，他们教我用"眼"看，也用"心"看。当我看到心灵最微妙的地方时，常会有一百八十度的大转变。

什么是真正的勇敢？勇敢是面临大事从容不迫，找到自己的出路。

一则故事 改变一生

比征服者更有力

◎ 小 七

从雪山归来，有人告诉我：人真渺小。

但我们似乎并不需要长途跋涉，到雪山上去寻觅这一朵真理的小花。人的渺小，并不需要去远处找来一个超级庞大物做对比。世界上最高、最庞大的东西，是天空。不需要到雪山上，在马路上一抬头，就能看见它，无可企及，笼罩一切。

在雪山上，也许天空更澄澈，星星更大。但那是一个更美的天空，不是一个更大的天空。

之所以在雪山的天空下，才感到自己的渺小，是因为在城市的天空下，人已经不再思考这一类问题。一些人回到城市两天，就把刚刚得来的启示又统统还给了雪山和记忆，一切又周而复始。在雪山之间，他不曾幻想过去占有一两颗星星，而在城市里，太多没有被占有之物，使他感到永恒的匮乏和焦虑。

据说，登山已经变成了富豪们的新游戏，似乎人世间已经没有更值得征服的东西，似乎富豪们已经成功到只匮乏一样东西：下一个征服对象。

当年，拿破仑在自己周围见不到哪里还有敌人，哪里还有帝国可以夺取，于是决定出征俄罗斯。他的舅父菲舍红衣主教恳求他不要同时招来天上和地上的敌意。拿破仑拉着舅父的手，把他领到一扇窗户前，问道："您看到那颗星了吗？"——"看不见，陛下。"——"仔细看看。"——"陛下，还是没看见。"——"可是，我看见了。"

把看不见的星星留给目光深远的征服者吧，我们可以满足于仰望被他

忽视的其他所有的星星。

拿破仑晚年身体虚弱，只能像儿童一样玩耍，他在圣赫勒拿岛的花园里挖了一个小水池，在里面养了几条鱼，但是不久鱼就全死了，他叹息道："跟我有关的东西，都躲不过打击。"1812年2月底，拿破仑躺在了床上，再也没有起来，"当年我搅得世界天翻地覆，现在却连眼皮也抬不起来了。"

懂得一点养鱼的技艺，能够灵活地闪动眼皮，你就可以在某个时刻，比征服者更有力，更自由。

人生最终的价值在于觉醒和思考的能力，而不只在于生存。

暗 示

◎佚 名

桌上有三只杯。

一个的杯口朝下盖着，一个杯口朝上，可是杯底破了洞，最后一个是里面有脏东西的。

三只杯都装不到干净的水。

第一只杯，杯口朝下，水倒不进去；

第二只杯，杯底破洞，边倒边漏；

第三只杯，有脏东西，水倒进去就脏了，不能喝。

就像上述的水杯一样，当你抗拒而不肯接受时，你什么都没有，学不到也得不到；

当你边听边漏时，你也许知道，可是却不是完全了解而可以运用；

当你对事情有所成见时，你就得不到它原来的本质。

你是哪只杯？

理性为感情所掌握，如同一个软弱的人落在泼辣的妇人手中。

谁得到了那块玉

◎阎 红

有个朋友给我们讲故事，他讲得一波三折，我听得惊心动魄，几乎要陪他落一番泪，虽然他并没这个意向。

他说当他看见那块玉时，心脏几乎要从胸腔里跳出来，但只一瞬间他又装得若无其事，好像根本没看见这么个宝贝，把话题切换到那个并没有多大价值的帽筒上面。他非常认真地就帽筒跟那个农民讨价还价，当然这笔生意没做成，回家之后他一夜未眠，脑子里全是那块玉。等到天明时他已经想好了对策，胸有成竹地又赶到农民的家中，他继续在帽筒的价格上与农民争执不下，那个农民更是认为不能轻易出手。我的朋友便怏怏而退，只在出门时不经意地说，我这几十里赶过来，总得带点什么回去，要么你把昨天那块玉卖给我吧。那个农民本来已经有点不好意思，听他一说觉得也是，就把玉拿出来卖给了他，他们这一回在价钱上没有太多的分歧，那块要价50元的玉被他用45元买了下来。

拿回来就有人要以3000元收购，我的朋友都没卖。他总结这笔得意的交易时说，千万不能把你的心情表现出来，尤其是遇到真正的心爱之物。他进一步论证说，比如我要是一开始就扑上去，说不定5000块钱那人也不卖，他不知道自己有个怎样的宝贝哩。

他说得实在太有道理了，简直是至理名言，可为什么我就永远也做不到？如果我是这个朋友，无论如何我都不能那么镇静。我看着我的宝贝，心里是尖锐的疼痛，一下一下地刺着，我想我要把它带回家。然后那个农民会来阻止，他会开出一个天价，他说你必须拿出这么多钱才能再次看见

它，我的疼痛就会一下子转化为绝望与悲伤，我只能顶着这两种心情离开他的家。

　　这就是一个理性的人和感性的人的区别。我的朋友轻易地就买到了那块玉，他还用同样的方法买了很多玉，在他的匣子里玉就像他寂寞的嫔妃，他都热爱过，他都获得过，最后都渐渐被他淡漠。而我的玉在我心里，化成了我一道道的伤痕，伤痕就是年轮，年轮就是岁月，岁月就是生命，我和我的朋友，究竟是谁真正得到那块玉了呢？

来说是非者，便是是非人。

善断者强健

◎佚　名

　　一位名叫阳明的先生跟一位叫杨茂的聋哑人用手比画谈话。阳明先生首先问："你耳朵能听到是非吗？"
　　答："不能，因为我是个聋子。"
　　又问："你的嘴巴能够讲是非吗？"
　　答："不能。"
　　再问："你的心能知道是非吗？"
　　此时杨茂高兴得不得了，急切地回答："能、能、能！"
　　于是阳明先生感叹："一个人耳不能听是非，省心；口不能说是非，省气；只要心知道是非，就够了。"

做一件好事，心中泰然；做一件歹事，衾影抱愧。

人不能没有行善的地方

◎刘燕敏

美国新墨西哥州的富瓦社区有三名流浪汉，他们持有行乞证，并在这个社区生活了13年。1998年11月6日，新墨西哥州政府通过一项法案，对行乞10年以上的乞丐停发行乞证，理由是他们已非常富裕，不再具有行乞资格。于是，三名流浪汉只好离开新墨西哥州前往佛罗里达。

富瓦社区的萨姆神父闻知此事，立即表示反对，并致信州政府，要求把三位乞丐重新召回。他说，社区里不能没有乞丐，州政府这种想当然的做法，完全是对善良人的亵渎，是对人性的漠然和不尊重。该法案必须进行修改。起初，大家都以为萨姆神父是出于对弱者的同情，因为在上帝眼里，人是无贵贱之分的，无论是富人还是乞丐都是上帝的子民。可当《基督教科学缄言报》就此事采访萨姆神父时，却发现根本不是这么回事。

萨姆神父说：40年来，我曾在富瓦等六个社区担任神父，这六个社区的人口和富裕程度都差不多，可是其中有一个社区找我解决心灵问题的人最少，来教堂忏悔的人也不如其他社区多。为什么会出现这种情况呢？难道是这儿的人不够虔诚吗？有一段时间，我非常困惑。后来我发现，原来这个社区有一家孤儿收养中心，那儿有五名孤儿，正是这五名孤儿给他们带来了福音，因为孤儿唤起了他们的善行，孤儿使他们有了行善的地方。而经常行善的人，心灵是不会出现问题的，再说心灵出现问题的人去行善，心灵也会得到慰藉。富瓦社区的三名流浪汉，也是富瓦社区的福音。现在把他们赶走了，富瓦社区的人想通过布施获得心灵安慰和满足的机会也就没有了，作为一名神父，我能接受这样的法案吗？

萨姆神父的这段话，后来被刊登在《基督教科学缄言报》上，结果在新墨西哥州引发了一场抗议州政府《11·6法案》的大游行。2000年1月4日，《11·6法案》被取消，三名富瓦社区的流浪汉被警察护送着从佛罗里达返回新墨西哥州。

在迎接三名流浪汉归来时，富瓦社区的人全部出动，他们举着标语，喊着口号，欢呼他们的胜利。从当时留下的照片中，我看到这么两幅标语："花时间去帮助别人，会医治自己的创伤"、"一个小小的善举，可媲美于运动一小时后所得到的舒畅"……当然，还有其他一些语句，被摄影记者弄得七零八碎，已经读不成句了。

人的高贵在于灵魂。

一块钱的坚定

◎钱　森

一直劝老父关掉小店，因为既赚不了几个钱又辛苦得要命。老父只是笑笑，把小店挪了地方，仍继续开着。腊月二十八下午，一个中年汉子跑进小店，满头大汗地掏出一块钱，郑重地递给父亲："实在对不起，欠了这么久！我刚讨回工钱，谁知您的店搬走了，我足足问了八个人才找到这儿。"那一块钱，是前几天的两块面包钱。当时这个汉子饿得走不动路，请求赊两块面包。父亲看他满头满脸的水泥灰迹，可怜他，两块面包权当白送，想不到他竟那么郑重地记着，真让人感动。

后来我偶然得知，为了还这一块钱，那个汉子不仅问了八个人，还耽误了中午的汽车，票价近两百，晚上还要住旅店，又花掉几十。

我不再劝父亲关掉小店，因为那些高贵的灵魂遇到困难时，小店至少能提供两块面包。

贫穷不会磨灭一个人高贵的品质，反而是富贵叫人丧失了志气。

贫与穷

◎曼 联

纽约有许多无家可归的流浪汉，为了三餐，沦为乞丐。近来，大概是觉得中国人较有善心，常见到有几位衣衫褴褛的白种人，默默地长跪在中国城的街头，胸前挂着一块牌子，用中文写着他是一个无家无业无钱的人，期待大家的施舍。

由于每天在曼哈顿都会看到许多行乞的人，纽约客纵有爱心，久而久之，也变得无力去一一察看哪一位是真的窘迫到需要济助。

一个冬日的下午，我经过路边一个在寒风中瑟缩发抖、默默长跪的乞丐，走到离他几步路遥远的报摊，要购买一份杂志。我拿了我要的杂志，掏出五张一元钞票，交到店主的手上。就在这一刹那，猛地刮起一阵冷风，店主的手发抖，兀地一松，其中一张一元钞票即离手飞扬，而我俩的眼睛齐瞪着那张钞票在空中飞扬，落到地上，又随风飘浮，飘到街角乞丐的位置，此时，说也奇怪，风忽然停止，那张钞票竟停留在乞丐的膝盖旁。

这时，店主呀的一声，说："糟了！这下肯定拿不回来了！"我的脑子没反应过来，只是朝着乞丐望着。只见乞丐拿起了膝前的钞票，跟着起身，一步一步向我们走近。他一言不发，伸出满是污垢的手，将那张钞票交还给我。

我脑里回响着店主的话，我诚敬地将钞票又塞回乞丐的手中。他的手迟疑的停顿在半空中。我轻声地说："这是你的，这是神的意思。"他嗫嚅地说声："谢谢！"拿着这一块钱，又蹒跚地走回原地，跪在街头。

望着店主讶异的眼神，我从口袋里掏出另一张一元钞票，补给店主：

"他是个好人!"店主紧紧握着失而复得的钱,说:"你也是个好人!"

我笑了笑,冬日微弱的阳光,照在我身上,也照在乞丐的身上。

"贫"和"贪",这两个字看起来很像,意义却迥然不同。

爱情不是用来考验,是用来珍惜的!

你带什么上孤岛

◎吕 跃

他对她说一个他突然想起的小测试。

那是几年前了。他在网上,有朋友发问,设想你将去一座孤岛,荒无人烟,就像鲁滨逊那样。你可以带一样东西,随便什么,但是只能一样,你带什么?当时他信口给出的答案引来哗然一片:有人惊叹不已自愧不如,但更多人是认为这不能算数。他说的是:游艇。后来太多朋友笑他耍赖,他想了半天说,那要不就带狗吧,好歹能做做伴,也不用太操心。

他对她说起这段往事的时候,一直都微笑着看她。她仰头看见他在黑暗中依然发亮的眼睛,柔声问他:那现在呢?她知道他的答案,是的,她根本不必问的。她的声音透着笃定的温柔。他笑了,伸手抚了抚她的头发,侧过脸。我会带台电脑去,他说。瞬间的失落中,她听见他继续说,嗯,就要电脑好了——当然我们假设这里能接上网络,这样我就能在视频中看见你了。我不会带你去的,绝对不,那边是荒岛,我不舍得你受苦。

> 生活就像海洋，只有意志坚强的人，才能到达彼岸。

两种坚强

◎钟洁玲

陈丹燕在《上海的金枝玉叶》里写到一位富家小姐——上海永安公司老板的千金，真正的金枝玉叶，从小锦衣玉食，奴仆成群。解放后，她还在国内，在经年不息的革命里，沦落到下乡挖鱼塘清粪桶。多年过去，物是人非，什么都改变了，包括她双手的形状。但是，她竟然还要喝下午茶，家里被一次次革命扫荡，一贫如洗，烘焙蛋糕的电烤炉早已不见了踪影。怎么办？她自己动手，用仅有的一只铝锅，在煤炉上蒸蒸烤烤，在没有温度控制的条件下，巧手烘烤出西式蛋糕。就这样，悠悠几十年，她雷打不动地喝着下午茶，吃着自制蛋糕，怡然自得，浑然忘记身处逆境，悄悄地享受着劫后残余的幸福。

有一次她带着女儿到北京，探望同自己一样出身世家的同窗好友，她们都是在中西女子学校学会喝下午茶的。同窗好友告诉她，没有吐司炉，也可以吃上吐司，说着说着，就表演了一门绝技：把面包切片，在蜂窝煤炉上架上条条铁丝，再把面包片放上面，轻轻地两面烘烤，不一会儿，便做出一片片香喷喷的面包吐司，吃着面包吐司的时候，大家都没有多说什么，彼此都明白，今后可能会有更艰难的生活等着她们。

即使艰难又如何！她们懂得用铝锅蒸烤出西式蛋糕，用煤炉烘焙出香喷喷的吐司，这样的韧性和耐力，还有扛不住的苦难吗？果然，历尽沧桑之后。这位金枝玉叶依然温文娴静，如沐春风，从来没有大吐苦水。

世上有两种坚强，第一种坚强是坚强在肢体皮肉上，宁死不屈式，像在渣滓洞里的江姐和许云峰；第二种坚强不在皮肉上，而在生活习惯里顺境逆境，泰然地坚守一种生活方式，像这位富家小姐。哪怕幸福只露出了一根线头，她有本事将它拽出来，织成一件毛衣。

第六辑

暖心之爱

孺慕之爱、亲情之爱是最纯洁最暖心的。

总于细微处见真情，

一点一滴，

一切都是那么宁静、安全，

如同置身在温暖的春天，

环抱的都是阳光、春风。

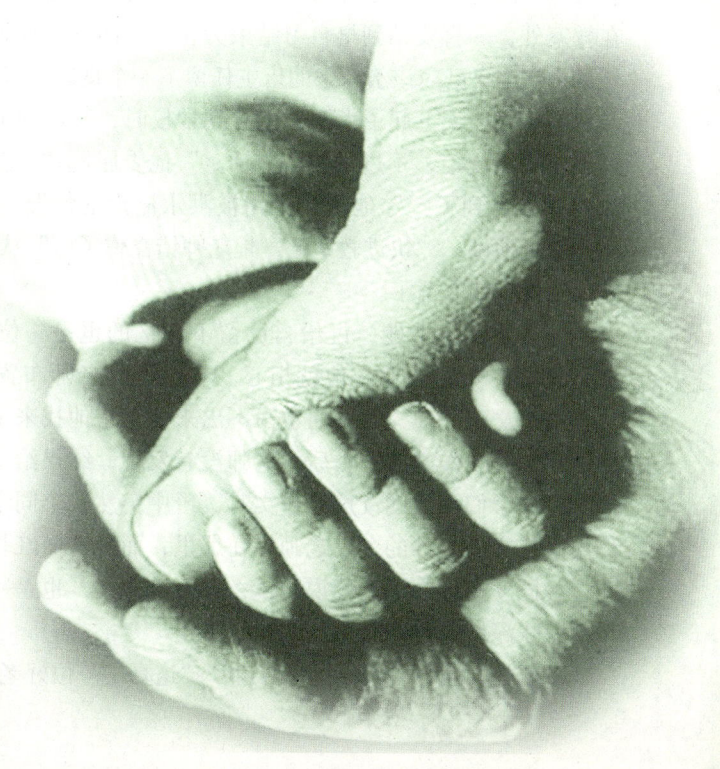

理解就是用自己的体会来感受到对方提出问题的想法，也是一种诠释。

最感人的一句话

◎陆勇强

坐在散散淡淡的灯光里，和几个朋友喝茶。不知是谁，聊起了自己曾经遭遇的最感人的一句话。

陈说，他小时候，家离学校很远，每天很早起来，就急急赶着上学。有时候，睡过了头，就经常迟到。班主任有个规定，凡是迟到的人都得站在教室外，一直要站到早自习结束为止。念四年级的时候，换了一个班主任，他认为自己应该给新来的班主任留下一个良好的印象。

但偏偏那天下起了大雨，他赶到学校时，又迟到了。班主任说："还是以前的老规矩，不过只站10分钟。"他委屈地站在教室外。班主任说："你怎么迟到了？"他便说了路被洪水淹没的情况。班主任摸了摸他的头，歉意地说："快进教室吧，是老师错怪你了。"从此后，这个坚持3年的罚站规定就取消了。

林接了陈的话题，说给自己留下记忆的也是一位老师。他很怕写作文，老师一布置作业，他就担心。有一次，老师布置了一篇《快乐的假日》的作文，但他无论如何也写不出来。于是他找来了一本作文书，在上面抄了一篇。作文交上去后，老师没有发现，结果给了一个很高的分。当老师在同学们面前朗读这篇作文时，班中突然有个同学站起来说："这篇作文是作文书上抄的。"老师呆在那里，而他也面红耳赤。老师说："对呀，林同学在作文上已经说明了，抄一篇作文，也是一种学习。"说完，老师意味深长地看着他。

听了林的故事，大家都感叹道："这真是一位好老师。"

我也说了一个关于老师的故事。最后轮到蒋，蒋一直在抽烟。我对蒋说："你说说看，你生命中哪句话最感人。"

蒋说："既然大家都说老师，那我也说一个关于老师的。"3年前，有个同学突然告诉我，王老师患癌症住院了，王老师在初中教过我。因为忙于工作，我一直没有时间去看望他。深秋的一天，我接到同学的电话，说王老师让我无论如何得去一趟。我不知道王老师为什么要我去，因为我和王老师之间的交往并不多。我到了医院，说了自己的名字，王老师的眼睛因为癌细胞扩散已看不清人。他挣扎着握住我的手，用微弱的声音说："蒋，真对不住，老师当年错怪你了。那只足球不是你拿的……"我就愣在那儿，无论如何也想不起来当年有这事。

王老师死后出殡，和一位同学聊起。同学说："20年前，二班也有一个和你一样名字的人。我听完，恍然大悟。后来我设法找到那个人，他已是两个孩子的父亲，在一家碎石厂打工，听了王老师临终的话，汉子说："王老师，怎么还记得当年的事，我都忘了呀！"说着说着，那汉子就哭了。

蒋说完，把那个烟蒂掐灭，说："那天，我也哭了。"

有的时候，有些遗憾、有些缺乏也好，在痛苦中浸泡过的心灵会让你更懂得珍惜。

牙 齿

◎蒋小栋

真的是一件很奇怪的事情，那么简单的东西，别人有，我却得不到。我说的是两颗门齿。我天生只有一颗门牙，从十几岁开始就是这样。

更糟的是，读高二那年，小姨领我去了一个庸医的黑门诊，那个自己满嘴金牙的中年女人收了20块钱，在10分钟之内给我搞定了一个自欺欺人的门牙。4年后，我去正规的牙病防治所拆掉了那个像水泥一样坚固的异物，付出的代价是几颗残破的牙齿和将伴随我一生的慢性牙周炎。

那段日子过得很苦，总觉得上天对自己特别不公平。二十出头的女孩子，正是如花的年纪，我却连一张微笑的照片都没有。心情沮丧的时候，用舌头舔着一个又一个牙洞，想想人生可能也就是这样。

后来，居然就这样一口烂牙地跑去相亲。对方是医生，但不是口腔科的。他带我去另一所医院找他的牙医朋友，车水马龙的大街上紧紧牵着我的手，目光中满是怜惜。往返了无数次，终于将所有的牙洞都补好了，但要弄一个门牙出来倒还真的不容易。他也没有坚持，怕因此破坏更多的好牙齿。第一次，我从一个男人的眼睛里读出了什么叫做心疼。

第二年的5月，在雨后黄昏的青草香里，我做了他只有一个门齿的新娘。

直到现在，办公室里还有同事没有注意到我与众不同的牙齿，也有人拼命劝我去做牙齿美容。我听了，只是笑笑。

那个目光深邃有着灵巧的外科医生手指的男人可能是知道我秘密最深的人，却从来没有嫌弃过。偶尔去中药店，他会买薄荷、丁香，还有其他

的草药，按比例配成药水，留着给我早晚漱口用。

人总是会爱上自己生命里缺乏的东西，我羡慕那些明眸皓齿的女孩子们，但有的时候，有些遗憾、有些缺乏也好，在痛苦中浸泡过的心灵会让你更懂得珍惜。

只有最无私的母爱才会激发出最不可思议的勇气。

最勇敢的妈妈

◎戴维·贾内利　译/王　悦

我是纽约的消防队员。作为一名消防队员，目睹他人的事业或家园被大火摧毁是一件非常无奈和痛心的事，太多的痛苦、死亡，开始令我感到恐怖，甚至一度厌恶这个职业——直到那天我发现"深红"。

对我和全体消防队员来说，那是充满勇气和爱的一天。

那是一个星期五，我们接到布鲁克林的一起火警报告迅速赶到了现场——一座熊熊燃烧的停车场。我在穿戴消防装备时隐约听到几声猫叫，但是我没有时间也不可能靠近，我决定等火势控制住了再过去查看。

停车场的火势异常凶猛，除了我们还有其他消防部门也加入了战斗。

报告说建筑物里的所有人都已经安全撤离。但愿如此——整个停车场浓烟滚滚，新的火苗不断地从各个角落蹿出来，想冲进现场救人是不可能的。即使有人困在火里，任何营救的努力也是徒劳。最后，经过无数消防队员近一个小时的奋力扑救，漫天的火势总算被控制住了。

我终于腾出空去寻找那几只可怜的猫咪，从我站的地方仍然可以听到它们的叫声。烧毁的建筑物冒着滚滚的浓烟，一阵阵热浪扑面而来。我的眼睛基本看不清什么，随着"喵喵"的叫声，我找到距人行道边、大约离停车场5步远的地方。在那里，3只吓坏了的小猫正紧紧地挤在一起，

不停地叫着。之后我又发现另外两只，一只在人行道中间，一只在道的另一边。它们肯定是从火场里出来的，因为它们的毛都或轻或重地被火烤焦了。好心的同伴为它们找来一个纸盒儿，我把盛着小猫的纸盒抱到一个安全的位置，开始寻找猫妈妈。

很显然，猫妈妈冲进了停车场，从火场里一个一个地把小猫救了出来。一连5次返身冲进肆虐的大火、滚滚的浓烟中——即使对于我这个经过特种训练的消防队员来说，也是无法想象的，更何况是天生怕火的动物。猫妈妈试图把宝宝们带到人行道另一边的安全地带，但是她没有完成心愿，她现在在哪？怎么样了？

有人说好像在停车场边上的空地上看见一只猫，那里离我找到最后一只小猫的位置很近。不错，她的确在那儿，躺在地上，无力地呜呜叫着。她的眼睛由于烧伤根本睁不开，四脚被烧得发黑，全身的毛都被烧焦了。透过烧糊的绒毛我甚至可以看到她深红的皮肉。她已经累得不能动了，估计她不是家猫，不习惯同人接近，我尽量轻轻地靠近，温和地对她说着话。当我把她抱起来时，她疼得叫了一声但并没有反抗。可怜的家伙浑身散发着皮肉烧焦的臭味，她精疲力竭地看了我一眼，然后信任地在我的怀里躺下来。

我把她抱回放小猫的地方，这只失明的猫妈妈在盒子里焦急地巡视了一圈，用鼻子碰了碰每只猫宝宝，一个接一个，直到确定他们都在，都安全，这才放心地躺下了。

看着这一幕，我的喉咙发紧，目光模糊了。我决心尽力救护这只勇敢的猫妈妈和她的全家。

6只猫咪显然需要立即治疗。我想起长岛的一家动物救护中心，11年前我曾经把一只严重烧伤的牧羊犬送到他们医院。我给救护中心打电话。告诉他们一只烧伤的猫妈妈和她的小猫急需治疗。然后仍然穿着烟熏火燎的消防服，开着卡车以最快的速度赶到那儿。当我的消防车开进停车场时，一组兽医和技术人员已经等在那了。

他们飞速地把猫咪们接进急救室，一队兽医在一张手术台上抢救小猫们，旁边的手术台上是另一队人马救护猫妈妈。

极度疲惫的我站在急救室外，猫咪们生还的可能性不大，但我不想离开。我对他们已经产生了深厚的感情。几小时之后一位大夫终于走出急救

室,她的脸上挂着微笑,对我伸出一个大拇指:6只猫咪都得救了!猫妈妈的眼睛也有希望复原,一位技师还给她起了个名字——"深红"——因为她被火烤红的皮肤。

恢复室里,刚刚苏醒的猫妈妈又一次查点自己的孩子,她用鼻子碰了碰每只小猫的鼻子。她一连5次冒着生命危险冲进大火,她的牺牲没有白费,孩子们个个都平安无事。

作为消防队员,我见过很多英雄,但"深红"的勇气是最不可思议的,只有最无私的母爱才会激发出这种勇气!

人是丧失地位的神。

最后的善良

◎ 王虹莲

他是一个劫匪，坐过牢，之后又杀了人，穷途末路之际他又去抢银行。

是一个很小的储蓄所。抢劫遇到了从来没有过的不顺利，两个女子拼命反抗，他把其中一个杀了，另一个被劫持上了车。因为有人报了警，警车越来越近了，他劫持着这个女子狂逃，把车都开飞了，撞了很多人，轧了很多小摊。

这个刚刚21岁的女孩子才参加工作，为了这份工作，她拼命读书，毕业后又托了很多人，没钱送礼，是她哥卖了血供她上学为她送礼，她父母双亡，只有这一个哥哥。

她想她真是命苦，刚上班没几天就遇到了这样恐怖的事情，怕是没有生还的可能了。

终于他被警察包围了，所有的警察让他放下枪，不要伤害人质，他疯狂地喊着："我身上好几条人命了，怎么着也是个死，无所谓了。"说着，他用刀子在她颈上划了一刀。

她的颈上渗出血滴。她流了眼泪，她知道自己碰上了亡命徒，知道自己生还的可能性不大了。

"害怕了？"劫匪问她。

她摇头："我只是觉得对不起我哥。"

"你哥？""是的，"她说，"我父母双亡，是我哥把我养大，他为我卖过血，供我上学，为了我的工作送礼，他都二十八了，可还没结婚呢，我看你和我哥年龄差不多呢。"

劫匪的刀子在她脖子上落了下来，他狠着心说："那你可真是够不幸的。"

围着他的警察继续喊话，他无动于衷，接着和她说着她哥。他身上不仅有枪，还有雷管，可以把这辆车引爆，但他忽然想和人聊聊天，因为他的身世也同样不幸，他的父母早离了婚，他也有个妹妹，他妹妹也是他供着上了大学，但他却不想让他妹妹知道他是杀人犯！

她和他讲着小时候的事，说她哥居然会织手套，在她13岁来例假之后曾经去找一个20多岁的女孩子帮她，她一边说一边流眼泪。他看着前方，看着那些喊话的警察，再看着身边讲述的女孩，他忽然感觉尘世是那么美好，但一切已经来不及了。

他拿出手机，递给她："来，给你哥打个电话吧。"

她平静地接过来，知道这是和哥哥最后一次通话了，所以，她几乎是笑着说："哥，在家呢？你先吃吧，我在单位加班，不回去了……"

这样的生离死别竟然被她说得如此家常，他的妹妹也和他说过这样的话，看着这个自己劫持的人，听着她和自己哥哥的对话，他伏在方向盘上哭了。

"你走吧。"他说。

她简直不敢相信自己的耳朵。

"快走，不要让我后悔，也许我一分钟之后就后悔了！"

她下了车，走了几步，居然又回头看了他一眼。她永远不知道，是她那个家常电话救了她，那个电话，唤醒了劫匪心中最后仅存的善良，那仅有的一点善良，救了她的命！

她刚走到安全地带，便听到一声枪响，回过头去，她看到他倒在方向盘上。

劫匪饮弹自尽。

很多人问过她到底说了什么让劫匪居然放了她，然后放弃了唯一生存的机会。她平静地说，我只说了几句话，我对我哥说的最后一句话是："哥，天凉了，你多穿衣。"

她没有和别人说起劫匪的眼泪，说出来别人也不相信，但她知道那几滴眼泪，是人性的眼泪，是善良的眼泪。

一位好母亲抵得上一百个教师。

红头巾

◎Renata Cheyna 译/梅 以

远处"隆隆"的枪声使我们无法集中精力上课，我们彼此交换着目光，眼神中充满了恐惧。忽然，一个女人破门而入，在老师的耳边嘀咕了几句，然后老师镇静地对我们说课就上到这儿，我们必须一小时后离开。

现在，位于克兹道夫的这个小村已是人心惶惶，彼此之间唯一关心的问题就是："你要走吗？"

我和我的那些年龄只有十岁的同学们已经被做出了安排。一辆汽车和两个老师正在等着我们，但是车里容不下我们的父母。

我的父亲已经入伍打仗去了，而母亲穆迪则很快地告诉我，她会骑着脚踏车紧跟在我们的汽车后面，围一条红头巾，那样就是她在远处我也能看见。

靠烧炭发动的汽车"噗"的一声出发了，我们便加入了撤离的人群。在我们向山上缓缓行驶的过程中，我伸长了脖子向窗外张望，想看看穆迪是不是在跟着我们。当车子到达半山腰的时候，我终于看见了那条红头巾在缓慢地向我们靠近，自那以后我的目光几乎再没有离开过那条红头巾。

傍晚，我们到了一个小村子，并在当地的一个小旅店里安顿下来过夜。我们六个女孩子同住一间屋子，睡上下铺的木床。我们太累了，无论在哪儿都睡得着。可是穆迪在哪儿呢？我有好一阵子没看见那条红头巾了，我开始担心起来。

第二天我们的汽车继续行驶，可是那条红头巾却没有进入我的视线。不知为什么汽车抛锚了，老师让我们按顺序上了一辆火车，反正上哪儿都

无所谓，只要躲开挺进的部队就行。在萨尔兹堡，当警报汽笛响起的时候，我们就立即从车厢里撤出来，蜷缩在废弃的盐矿里，任凭盐水滴在我们身上，一直等到警报解除为止。我们刚刚回到火车上，就又听到低空飞行的飞机和机枪的"咔咔"声，老师大喊："趴下，趴下！"我们便立即趴在坐椅下面。

夜已渐深的时候，我们到了海登斯坦的一个巴伐利亚人的小村庄，同样是一个小旅店，主人领我们进去，我们住进楼上的一间有上下铺和草垫子的大屋子。战争还在继续，我们能看到几公里以外的地方炮弹从天空滑落。

战争很快结束了。由于没有父母跟着，女孩子们白天便分别被送到不同的农场，晚上再回到小旅店睡觉。我被送到一个小农场，那儿有牛有猪，有鸡有鸭，甚至还有蜜蜂。好心的主人及其全家对我像对待自己的亲人一样。白天我尽量使自己忙碌，而夜晚为母亲焦虑的思绪又涌上心头。她在哪儿？是不是还活着？我还会再见到她吗？

终于有一天有家长来接他们的女儿，我们便都开始盼着自己的父母也能很快地找到自己。

数月过去，每天都要喂那些鸡，食一扔出去，它们就围过来，总是让我发笑，在某种形式上它们替代了我不再拥有的玩具。忽然有一天，正在喂鸡的时候，我看到远处一个人影朝这边走来，分不出是男是女，但是一样东西却紧紧地抓住我的目光，我是不是看到了一件红色的东西？

我停止喂鸡，使劲地看，可能吗？那红色变得越来越明显。是的，是妈妈！没错！

喂鸡用的碗从我手里滑到地上，鸡吓得四处跑。我放声大叫："穆迪，穆迪！"这时妈妈也看到了我，便开始用尽全力地朝山上跑。最后，妈妈终于到了我的面前，她头上裹着的依旧是那条红头巾——就像她当初说的那样。

无论人生遭遇到什么，不管是预料之中还是情理之外，沉静永远是必备的心理宝藏。

一则故事 改变一生

神圣的沉静

◎刘心武

还记得童年在重庆的一些事。我家住在南岸狮子山，从那里可以到一座更高的真武山去游览。真武山上有段路非常险，靠里是陡峭的山岩，靠外是极深的悬崖。那天玩得很开心。返回时，我故意贴在悬崖边上走，还蹦蹦跳跳的，甚至以颠连步跃进。7岁的我还不懂生命的珍贵。那样做，有存心让母亲看见着急的动机。那悬崖下面的谷地，荒草里凸现着一块怪石，那石头自然生成盘蛇的状态，当中的一块耸起活像蛇颈和蛇头。传说结了婚的男女，从悬崖上往下掷石头，如果掷中了那条石蛇的身子，就能生个儿子。混混沌沌的我，自以为也懂得成年人的事情，听大人们有那样的议论，想起自己也同邻居女孩子玩过扮新郎新娘的游戏，竟然也拾起石块朝悬崖下奋力掷去，把握不好投掷的重心，身体的姿势从旁看去就更惊心动魄了。还记得那天母亲的身影面容。她紧靠着路段里侧的峭壁，慢慢地走动。她一定后悔转到那段路以前没能牢牢牵着我的手，把我控制在她身边，她自己往前挪步，眼睛却一直盯在我身上。我顽皮地蹦跳投掷，不住地朝她嬉笑，怄她，气她，悬崖边缘就在我那活泼生命的几寸之外。事后，特别是长大成人后，回想起母亲在那段时刻的神态，非常惊异，因为按一般的心理逻辑与行为逻辑，母亲应该是惶急地朝我呼喊，甚至走过来把我拉到路段里侧，但她却是一派沉静，没有呼喊，更没有吼叫，也没有要迈步上前干预我的征兆，她就只是抿着嘴唇，沉静地望着我，跟我相对平行地朝前移动。

　　那段险路终于走完，转过一道弯，路两边都是长满茅草和灌木的崖壁了，母亲才过来拉住我的手，依然无言，我只是感受到她那肥厚的手掌满溢着凉湿的汗水。

　　直到中年，有一天不知怎么地提及这桩往事，我问母亲那天为什么竟那样的沉静？她才告诉我，第一层，那种情况下必须沉静，因为如果慌张地呼叫斥责，会让我紧张起来，搞不好就造成失足；第二层，她注意到我是明白脚边有悬崖面临危险的，是故意气她，尽管我不懂将生命悬于一线是多么荒唐，但那时的状态是有着一定自我防险意识与能力的，一个生命一生会面临很多次危险，也往往会有故意临近危险也就是冒险行动，她那时觉得让我享受一下冒险的乐趣也未尝不可。我很惊讶，母亲那时能有第二层次的深刻想法。

　　母亲去世快二十年了，她遗留给我的精神遗产非常丰厚，而每遇大险或大喜时的格外沉静，是其中最宝贵的一宗。我写第一个长篇小说《钟鼓楼》时，母亲就住在我那小小的书房里，我伏桌在稿纸上书写，母亲就在我背后，静静地倚在床上读别人的作品。我有时会转过身兴奋地告诉她，我写到某一段时自我感觉优秀，还会念一段给她听，她听了，竟不评论，没有鼓励的话，只是沉静地微笑，而且，有时她还会把手头所读的一篇作品的某些内容讲一下，那作品是一位同行写的，我没时间读，也并不以为对我有什么参考价值，不怎么耐烦听母亲介绍，母亲自然是觉得写得挺好，但她也并不加些褒扬的话语，她就是沉静地给我客观讲述，毫不罗嗦，具有点穴的效应。后来《钟鼓楼》得了茅盾文学奖，那时母亲已到成都哥哥家住，我写信向他们报喜，母亲也很快单独给我回了信，但那信里竟然只字未提我获奖的事，没什么祝贺词，但语气沉静地嘱咐了我几件家务事，都是我在所谓事业有成而得意忘形时最容易忽略的。

　　2000年第三次去巴黎，又去卢浮宫看达·芬奇的《蒙娜丽莎》，在众多的观赏者中，我忽然产生了一个非常私密的感受，那就是蒙娜丽莎脸上的表情并不一定要概括为微笑，那其实是神圣的沉静，在具有张力与定力的静气里，默默承载人生的跌宕起伏、悲欢聚散、惊险惊喜。那时母亲已仙去多年，我凝视着蒙娜丽莎，觉得母亲的面容叠印在上面，继续昭示着我：无论人生遭遇到什么，不管是预料之中还是情理之外，沉静永远是必备的心理宝藏。

高妙的幻术蒙不过善于挑剔的眼睛，然而，一个脆弱的爱的表白却顷刻间赢得了最善于挑剔的心灵。

祖父坐在你们中间

◎张丽钧

"天才魔术师"大卫曾经说过："我玩的是骗术，没有真东西。"在电视上，我看他在空中优雅地飞，又轻易地"移"走了自由女神像，还成功地穿越了长城……在评价他的魔术表演时，我淡淡地说：高科技手段运用得还不错。2002年夏季，大卫来到中国。在上海，一个并不代表他最高表演水平的小节目却征服了我的心。

在舞台上，大卫用一张张老照片讲述了他祖父与父亲的故事，讲述了自己的成长经历。大卫小时候，他的祖父对他期望很高。后来，大卫迷恋上了魔术，他的祖父认为这是不务正业，为此再也不跟他说话。"我失去了一个好朋友。"大卫黯然神伤地说。渐渐地，大卫红了起来。当他第一次到百老汇演出的时候，他突然在观众席的最后一排看到了一个熟悉的身影。"那人太像我的祖父了！"大卫说，"我想叫他，但又不敢相信自己的眼睛，以为只是幻觉。"随着大卫动情的讲解，"祖父"的照片亦真亦幻地动了起来。观众的心被那个倔强而又慈爱的老人深深地触动了。大家多么希望这祖孙俩能够有一个幸福的拥抱！但是，祖父又回到了照片里，大卫始终没能拉住祖父的手。"老人家究竟有没有来看我的演出，这在我心里一直是个谜。直到祖父去世，在整理老人的遗物时，我看到了一样让我心灵震颤的东西——一张被精心保留下来的我那场百老汇演出的票根。"大卫的眼中闪着亮晶晶的泪水。偌大的剧场静得出奇。"虽然我知道不可能，但我还要说：我希望我的祖父此时就在观众席中坐着——在你

们中间。"

尽管人们都知道大卫的节目中有许多精彩的煽情创意，但聆听着这个美好而又有些伤感的亲情故事，几乎所有的人都不忍心去探究它是否属于"作秀"。大家相信了，大家感动了。大卫那一句"我玩的是骗术，没有真东西"，在这里神奇地失效了。高妙的幻术蒙不过善于挑剔的眼睛，然而，一个脆弱的爱的表白却顷刻间赢得了最善于挑剔的心灵。

能把自己生命的终点和起点连接起来的人是最幸福的人。

爸爸妈妈，我没事

◎译/关月阑珊

当我参加完一位教友的葬礼回到家以后，我的已成年的女儿珍妮问我有关葬礼的情况。因为我刚从牧师那里听到一个有关蜻蜓的故事并为之深深感动，因此，我就把这个故事告诉了珍妮。

一天，一群水虫子看见另外一些水虫子爬上一片睡莲叶子，然后就从它们的视线里消失了，于是，它们就聚在一起谈论起来，它们想知道那些水虫子都到哪里去了。最后，它们彼此承诺，如果有哪一只水虫子也爬上那片睡莲叶子并且从那里消失，无论它到哪里去了，结果怎样，它都将设法回来把自己的经历告诉其他虫子们。

一个星期以后，它们中间的一只水虫子爬上了睡莲叶子，在叶子的另一面出现。当它坐在那儿的时候，它变成了一只蜻蜓。它的身体发出彩虹色的光彩，四叶美丽的翅膀从后背伸出来，它拍打着翅膀，慢慢飞起来，在阳光照耀的天空中旋转、旋转。它非常快乐，不断拍打着翅膀，打着圈子飞翔，然后，它想起曾经许下的那个飞回去告诉其他水虫子它到哪里去了的诺言。于是，它就下降到水面，试图潜入水中，但是当它这么尝试的时候，它发现自己已经回不去了。

在进行了多次尝试最后仍然无法潜入水中之后，这只蜻蜓放弃了。它暗自想道，哎！我已经尽力去实践自己的诺言，但是即使我真的回去了，其它那些水虫子们也认不出现在这个全新的、光芒四射的我就是当初那个灰不溜秋的、毫不起眼的我了。我想它们也将只能等待，直到有一天自己爬上那片睡莲叶子，发现我曾经去过的地方，并且变成我现在的这个样子，否则，即使我告诉它们，它们也不会彻底了解的。

当我讲完这个简短的故事后，我的女儿脸上流着泪说："妈妈，这个故事真美！"我也有同感，于是，我们又把这个故事讨论了一会儿。

两天后是星期天。那天一大早，珍妮就来到我的房间，叫醒我，在去上班之前向我道别。她工作的地方是度假胜地欧可伯吉湖。我拥抱并且亲吻她，告诉她我会在那天晚上看见她的，因为我要去那里度一个星期的假期。我问她有没有吃早餐，是否已经完全从睡眠里清醒过来了，因为前一天晚上我们都睡得很晚。我知道她很疲倦，但是她说，"是的，妈妈，稍后见！"

几小时后，我们的噩梦就开始了。珍妮遇到了车祸，两辆车迎面撞在了一起，珍妮已经被空运至南达科他州的苏福尔斯城。霎时，纷乱的思绪一齐拥塞在我的大脑里：为什么我不为她准备早餐？我告诉她我爱她了吗？如果我让她和我多待一会儿，事情是否会有所不同？为什么我不多拥抱她一会儿？为什么那个夏天，我不把她留在家里陪伴我，而要让她到那里去工作？为什么？为什么？

我们飞往苏福尔斯城，抵达的时候已经是中午了。我们的珍妮伤势很重，在那天晚上十点钟的时候离开了我们。如果上帝给我一次选择的机会，我愿意与她交换，珍妮还可以为这个世界奉献出许多。她是那么聪明那么美丽和充满爱心。

那个星期五，我和我的丈夫驱车开往欧可伯吉湖去看望我们的女儿，我们在事故发生的现场停车查看。我的头脑里空空如也，一片空白，什么都想不起来了，但是我知道自己拼命地想记起究竟发生了什么事，以及为什么会发生那种事。

离开事故现场，我让我的丈夫带我去一所花房，因为我需要被美丽的花朵包围,我还不能面对其他人。

　　向温室的后面走去的时候,我听到飞虫拍打翅膀的声音,好像是一只鸟或者是蜂雀正在撞击房顶。我看着一朵漂亮的玫瑰,突然,一只美丽的大蜻蜓落在距我只有一臂之远的地方。我站在那里看着这只美丽的动物,哭了。我的丈夫走进来,我看着他说:"珍妮告诉我她很好。"我们站在那里看着那只可爱的蜻蜓很长时间,当我们走出温室的时候,那只蜻蜓仍然停留在那朵玫瑰花上。

　　几个星期后的一天,我的丈夫跑进房间,要我快点到外面去。当我走出门外,我简直不敢相信自己的眼睛。我们家的房子前面以及我们家和我们邻居家的房子之间飞翔着数以百计的蜻蜓,我从来没有在城市里一下子看见过那么多的蜻蜓,最奇怪的事情是它们只在我们家的房子周围飞翔。

　　我先后经历的这两件事绝不只是偶然的巧合,它们是珍妮送给我们的信息。

　　以后每一次看见蜻蜓,有关我女儿的美丽回忆就会使我悲痛的心灵得到很大的安慰。

有时候，一件事情看来太容易了，那往往不是真的。

一则故事 改变一生

拾瓶记

◎（美）南茜·贝内特　译/汪新华

小时候，妈妈成天在外头干活，维持着一家人的生计。我们兄弟姐妹几个由奶奶带着。由于家里穷，零花钱成了可望而不可即的奢侈，我们不得不自个儿想法子去挣。

我那时只有5岁，不能跟姐姐一样给人家当保姆，也无法像哥哥那样，周末到农场给人家打下手。我唯一能胜任的挣钱活是收集汽水瓶，到户外的水沟或路边草丛中捡人家扔掉的空饮料瓶子。一个废瓶子能换回一枚闪闪发光的5分硬币。

那年秋天，哥哥姐姐们都返回学校念书去了，只留下我一个人独享自由自在的快乐。再过一年，我也要被关进学校，何不趁机发一笔小财呢？

每周有3天的时间，奶奶给麦金太尔先生照看便利店。我们有一半的时光是在那儿度过的。小店有很多好吃的，尤其是柜台后那待售的一瓶瓶糖果：甘草棒棒糖、薄荷糖，以及太妃糖等等。但我得有现金去买这些好吃的。于是，在获得奶奶的同意后，我开始到处搜罗废弃的饮料瓶。

捡瓶子的地方主要是离店不远的田野、台阶等场所。我经常像老鹰一样盯着在地里干活的雇工，看着他们喝完最后一口汽水，忙不迭地跑过去捡回来，如获至宝。由于我长时间四处找瓶子，很快就挣够了买一小包糖果的钱。我天天乐此不疲地到处搜寻，回头再把瓶子卖给奶奶，很快我就成了奶奶的固定客户。

有一天，我照样出去捡瓶子，刚好转到了那家便利店的后面。我简直不敢相信自己的眼睛！那里散落着一地的空瓶子。我赶紧把这些宝物如数

装入自己的小推车，然后拉到店的前面。奶奶见了也笑逐颜开，不停地夸自己的小孙女肯吃苦、会做事。

第二天，我再次来到相同的地点——又有一堆汽水瓶子躺在那儿，足有两打！哈哈，我发现了聚宝盆，以后再也不用眼巴巴地瞧着人家喝汽水了。

接下来的一天，我又来到那个神奇的所在，还是有更多的瓶子。我如法炮制，装入小车后，直接推到店前面，只等着奶奶来收购。

这时，一辆卡车开到了店后面。麦金太尔先生走了出来。他礼貌地朝我点了点头，然后问奶奶："在哪儿呢？我得把你提到的那些瓶子都装上。""在后头，"奶奶回答，又加了句，"至少有8打，是我孙女在村子周围一个一个捡来的。"

瞧着小推车中的瓶瓶罐罐，我立即明白了一切：原来，自己正反复地把同一些瓶子卖给奶奶！

当时我怕极了，害怕奶奶因此而丢掉饭碗。没了她的收入，我们全家的日子会更加难过。但我知道自己必须硬着头皮向麦金太尔先生坦白，哪怕他们把我关起来。

我大气不敢出，推着那些瓶子走到麦金太尔先生面前。我把所发生的一切和盘托出。渐渐地，我的眼泪开始流出，一丝微笑也浮现在他的脸上。随后他开始哈哈大笑，我如释重负，意识到奶奶不会有什么麻烦了。

后来，麦金太尔先生专门搭了个用来放空瓶子的小棚屋，以免其他的小冒险家重蹈我的覆辙。每到周日，我就帮他把空瓶子装上车。作为报酬，在劳动结束后，他会给我一瓶汽水。

"有时候，一件事情看来太容易了，那往往不是真的。"奶奶常常这样告诫我们。那年剩下的日子，我还像以前一样，在田间水沟、偏僻小路上，或是挨家挨户地找瓶子。活儿很苦很累，但在店里的柜台上数着叮当作响的硬币时，心头甭提有多舒畅了。真的，再也没有比经过自己的辛勤劳动而挣来的汽水更甜美的东西了。

"把灾难与危险挡在门外，把安乐留给女人"的男人心态，正是夫妻情最高境界的圆满表现。

一则故事 改变一生

爱仅一板之隔

◎尤 今

他和妻子住在一栋陈旧的木楼里，没有厨房，一个土炉子搁在房门外的走廊上，就这么敞着烧饭。一天，他妻子的旧友来访，当时他正沉浸在一种冤案平反后恍若隔世的喜悦里，便包下所有炊煮的工作，以便让妻子能够与她那些"被人为屏障隔离多年"的老友欢畅地叙旧。屋子里，笑语嘤嘤；屋外走廊上，他挥汗主炊。

他先把水壶放在那个生了火的炉子上，再到楼下水管那儿洗菜淘米。洗毕上楼，惊见走廊上浓烟滚滚，异味刺鼻，炉子那儿，蹿起了几尺高的火焰，地板上全都是火。他拼命扑过去灭火。火熄了以后，他冷静地清理"灾场"，用纱布包扎被火舌燎伤的手臂，再换上件长袖羊毛衫，然后，若无其事地继续炊煮，全没惊动屋里的人。煮好了，他带着极为自然的笑容，把饭菜摆上餐桌，让她们高高兴兴地享受。一晃十来年，除他自己以外，谁也不知道当时那浓烟、那大火、那面临的巨大危险；谁也不知道他怎样用壶去浇、用湿菜去扑打、怎样把一竹箕的米扣在火焰上；谁也不知道房里的欢笑和房外的火险，只不过隔着一扇薄薄的木门。

"把灾难与危险挡在门外，把安乐留给女人"的男人心态，正是夫妻情最高境界的圆满表现。未熟的夫妻情，像火里的烟花，瑰丽璀璨地闪亮，然而，才短短一阵子，那眩人眼目的色彩，便奄奄一息地化成了一堆灰黑的余烬；它亦像火里的纸，脆弱不堪，火舌轻轻舔了舔，便灰飞烟灭。而成熟的夫妻情，像火里的钢，愈烧愈坚。

真正的助人者,是通过帮助别人,来提升自我人格境界的真英雄。

为爱选择遗忘

◎曾 莉

10年前,一架客机在重庆机场附近爆炸。我成了不幸的女人——本来打电话说3天后才返家的丈夫,不知为何搭上了这班飞机!那几天,我行尸走肉般在航空公司、殡仪馆间忙来忙去,却不知道命运的深渊中,更大的不幸正悄悄逼近。

我从遇难者名单中发现了一位大学同窗的名字——徐蔷。她是我大学同寝室的同学,早年丧父,六十多岁的母亲又患了老年痴呆症。这些不幸加上自身的境况不好,徐蔷变得极度忧郁。念在同室之谊,我曾让她到我家玩过几天。但我万万没想到,在短短的一周内,她与我的丈夫郝兵会发生那样的事。在我呼天抢地的恸哭中,她狼狈逃逸,郝兵则跪在我面前扇自己的嘴巴,请求我原谅。我原谅了丈夫,因为我深深地爱他。

大约是丈夫逝后的两个月,家里的门被一阵急雨般的敲打轰开。门外是一位抱小孩的女子,20岁左右。她语无伦次地讲起:半年前,住在十八楼的一对夫妻请她带孩子。两个月前他们去北京办事,说好一个星期就回来,谁知两个月了,杳无音讯,留给她的钱早就用完了,实在没办法,她根据男主人丢在家里的一张身份证复印件,按上面的地址找到了这里。她还在絮絮叨叨,我一望她手上抱着的小孩模样就明白了一切。刹那间,野兽般的咆哮从我嘴里迸出,她怀中的小孩也撕心裂肺地大哭起来。

关上门,我真正感到自己被这个世界抛弃了。曾倾心相爱的人竟如此恶毒而圆滑地欺骗了我。在悲伤和仇恨中我挨过了难忘的1988年。转年春节,大学同寝室的另一位好友来拜年,她小心翼翼地提起那个敏感的话

题。好友说，其实徐蕾与我丈夫后来的发展，许多同学都有所风闻，她还专门去劝诫，却在徐蕾的家里撞见了似乎刚刚起床的郝兵，他当时拉住她恳求：只要不告诉我，一定痛改前非，与徐蕾一刀两断。好友为我丈夫保了一回密。以后，每当她看见一脸幸福而满足的我时，都欲言又止。她万没想到，他们不但在我眼皮底下偷偷同居，竟还生下一个小孩！她叹了口气："只是那小孩太可怜，没人收养，被送到福利院时还不到两岁，瘦得像个小猫……"

第三天，我办事路过那所福利院，突然产生了去看看那小孩的念头。

小女孩像一只脏兮兮的小猫，蹲在一张双层床的下铺。工作人员拿了一盒什么药过来，一边给小女孩涂抹一边说："嘉嘉太可怜了，她身体弱，动不动就生病。你看，手背和屁股上全是针眼。你说那些当父母的可恶不可恶，没本事养，就不要生啊。这位大姐，你是嘉嘉的亲戚吧，你若心肠好就把她带回去。"我被工作人员的话吓了一跳，气冲冲地说："你搞错没有，她关我啥事？"我逃避瘟疫似的从福利院跑出来。

说来也怪，连续几天，睡梦里都见到女孩在对我笑，她的笑容像新鲜的太阳那样纯洁无瑕，将我阴郁的心情过滤得宁静、单纯。其实，我是很爱孩子的，只是为了支持郝兵攻读硕士，才把做母亲的梦压抑了这么久。我万万没想到，自己的牺牲却成全了别人。

在一种复杂的心态中，我又去了几次福利院。4月的一天，嘉嘉高烧40摄氏度，躺在床上，两腮烧得通红。一见到我，小手无力地攥住我，喊声"阿姨"，两行泪水就流了出来。对生命的珍爱之情猝不及防地淹没了我。不知什么时候我的眼泪也流了出来，嘉嘉懂事地用滚烫的小手轻轻为我擦拭，嘴里喃喃地说："阿姨你别哭，你脑袋痛的话，嘉嘉去喊医生来打针，嘉嘉打针不哭，你也不哭。"我一把抱紧孩子，如万箭钻心。

我收养了嘉嘉。作出这个决定前，我辗转思考了几天几夜。嘉嘉在这个世界上没有一个亲人了，郝兵是独子，他的父母在5年前已相继去世。

我知道这个决定对我一生意味着什么。

以后发生的事情比我预料的严重得多。就在我领养嘉嘉几天后，大学几位要好的同学心急火燎地赶到我家。一位女同学趁我没注意，悄悄把嘉嘉带到隔壁房间，撩起她的衣服仔细查看有无淤血、创口；另一位男同学转弯抹角绕了半天，吞吞吐吐地劝我去看心理医生。原来他们认定我心理

变态了，要拿嘉嘉来折磨，来实施报复。

我打报告申请调往离城区较偏远的一所中学。搬家那天，我上上下下指挥着搬运工，守"摊"的事交给刚刚3岁的嘉嘉。她懂事地坐在一堆衣服里，一步也不乱跑，手里还死死抱住我的大相框，说："不能把阿姨摔烂"。看她认真的神态，身心憔悴的我多少有几分安慰。

我一直不敢告诉家人嘉嘉的真实背景，但年迈的父母虽然心地善良，却好像嗅出了什么，一开始就对嘉嘉非常冷淡。有次父亲老泪横流地劝我趁年轻再找个人。他们哪里知道，我早已对婚姻失去了信心。我有了再把嘉嘉送回福利院或另送人家的念头。

一次，我从父母家赶回自己的家时已经深夜12点了。老远就见窗户亮着，打开门便见猫在门边的嘉嘉，睡梦中她小脸上还挂着两道泪痕。第二天，我问她为何不上床睡觉。嘉嘉说："我等阿姨，我怕没人给你开门。"我紧紧地搂住自己生命里的这个奇迹，冥冥中似乎有个声音在呼唤：留下她吧，她会成全你的……以后的日子，我和嘉嘉相依为命、彼此慰藉。不知不觉中，到了1994年，嘉嘉该上学了。在嘉嘉踏入校门时，我为她重新取了个名字——曾尊。我希望她不要重蹈她母亲的覆辙，永远尊重自己，珍爱生命。今年夏天，我与学校一位生物老师组建了新的家庭，嘉嘉在她的一篇作文中，深情地写到：我不知道自己的生命源头在哪里，但我却生活在幸福中。懂事以来，我第一次喊出"爸爸"、"妈妈"这四个音节，爱心给了我一个温暖的家。我在夏日的余晖里读着女儿的作文，望见下了课的丈夫正夹着一叠书往家赶，幸福如潮水般将我托起。

第七辑

水晶恋情

人与人的相遇真的是上天注定的吗？

当幸运之神降临的那一天，

我已经为了你，

在这世界里等待着，

这段穿越时空水晶般恋情的开始...

爱情就像皇帝的新衣,你以为你得到了,可你却还是赤裸裸的!

碎在上海的玻璃心

◎小 羽

尹香是黄浦江边弄堂里长大的小家碧玉,大学毕业后在上海做独立的装饰设计师,很时尚很自由的职业,还有一份不低的收入,而她并不快意。因为上海世面大,所以她的心和梦也飘得很高,不甘做一个上海的小家碧玉。

21岁的春天,命运刻意地安排尹香结识了来自西北小城白水的杜怀宇。那是在临江的香格里拉举行的一个小派对,客人里不乏时尚的男女,只有尹香和杜怀宇,竟然不约而同地穿着简约素雅的布衣单衫,反倒特别。

他们对面而坐,因为衣着的类似而心生好感。聚会到一半,尹香忽然发现自己的丝绸披肩不知何时被粗心客人的烟灰烧了个洞,碰巧此时杜怀宇很绅士地上前为她拉椅子,便也凑近看见了,继而还用手轻轻地抚拭,然后比较内行地判断说:"好像不是现在的产品呀。"尹香随意地告诉说那是几十年前苏州老店的双绉丝光绸,杜怀宇听见,越发仔细地端详,心里也越发替尹香惋惜。

聚会散去的时候,杜怀宇意外地对并不熟悉的尹香提出要修补那条丝绸披肩。"修补"这个词让尹香意外,华衣缤纷的上海早已没有修补一说,而这个杜怀宇却要认真地为她而做。自然尹香也有点感动。

见尹香答应,杜怀宇莫名地高兴起来,进而冒昧地向她要了手机号码。等到尹香下了车,越走越远地消失在小区的路径那头,他的心思也驿动起来。他原本是来上海专习雕刻工艺的,而且又临近学习结束离开,可

眼下忽然就萌生出要留下来的念头。人有时很奇怪，他起初只想来见上海的世面，可见过上海的尹香，却真有了想为这个女孩子而留驻的决意。

杜怀宇为尹香而留，在上海一家公司做工艺设计。过了两个多月的样子，他给尹香发了个手机信息，很婉转地问她："记不记得有个要为你修补丝绸披肩的人。"尹香想想，当然记得，只是印象有点淡了。

第二次见面是在博物馆前的广场，尹香穿的还是"江南布衣"，不过款式变了。杜怀宇把用盒子装着的丝绸披肩郑重还给尹香，打开一看，是在破损的洞上绣了一枝青莲，典雅的中国水墨气派。

尹香一见就喜欢，随即披在肩上。黄昏时的广场上天高云淡绿草白鸽，尹香闲逸的"江南布衣"配着简约的丝绸披肩，那样衬景里的女孩子，杜怀宇的心绪也随着翻飞翩动。

过了好久，他对她说："以后我做个配这条披肩的礼物送你。"是什么呢？尹香用眼睛好奇地凝视着这个黯然优雅的杜怀宇。他不讲明，在心里，希望有个别样的悬念，伴随爱一起开始。

日子过得很快，到他们倾心交往的第二年，却有另一个台湾青年插了进来，叫阿健。这个阿健，刚拿了美国加州大学博士学位，家里在东南亚等地有生意，新近又在上海办了厂。在所有这些根底面前，尹香的心思纷乱起来，她不断地暗暗掂量、权衡、比较、徘徊，然后不断说服自己尽早在两个男人之间定夺。要知道，很多诱惑人有时是不能无所谓的。

23岁生日就在尹香的迟疑中到来，两人的礼物几乎是同时送到门上的：阿健送的是他镶着家族标记的一枚白金钻戒，一望而知那不菲的价值；而杜怀宇送的是一颗润红剔透的玻璃心，盛在小锦盒里，一看，便知道这玻璃心其实就是最初他在博物馆广场上的那个许诺，好美好美。

尹香把锦盒合拢的那一刻，望着面前杜怀宇眼里的期待一点一点失落掉，她的心莫名地疼了一下，但又很清楚自己是不可以继续犹豫的。玻璃心退在杜怀宇面前，他挡住，说："只是个生日礼物，祝你快乐，祝你们快乐。"口气依旧很绅士，但尹香能辨出那郁郁的感伤。她不敢抬眼望，手里捏着锦盒向外走，外面是阿健的蓝鸟车等候着——他已在香格里拉为她订了生日派对，上海滩的小女孩，到底脱不了一颗俗心对俗情的渴望。

以后尹香如愿嫁了阿健，还移民去了法国，与国内的朋友渐渐没有了联系。

3年后的夏天，杜怀宇作为年轻的艺术家去巴黎举办一个作品展，竟不期地在黄昏的协和广场喷泉边遇见尹香。她穿一袭华美的丝绸连衣裙，依旧年轻漂亮，杜怀宇没有问她好不好，因为他一眼就能看出尹香眉目间掩饰不了的落寞和幽怨。

随后他们一起到路边喝了咖啡，说话很少，即使谈也是客套。那样物是人非的时刻，能做的只是落花流水皆莫问。

在告别的刹那，杜怀宇对尹香说："天有点凉，你该带条披肩出来的。"尹香一下子就意会了，微笑道："那条丝绸披肩我一直披着，只是今天忘了。还有你送我的那颗玻璃心，很配那条披肩。"杜怀宇没有再说话——那颗玻璃心，他用了十个月才制作成功的，要把玻璃和黄金融为一体，才能烧出那样润红玲珑的玻璃心——这是尹香永远都不会知道的。

尹香目送着杜怀宇沿着大街远去的背影，微笑一点点收敛起——那颗玻璃心，在她和丈夫来巴黎的第一天，碎在行李箱底，那是她自己推着行李，只是很轻微的一点振荡，就碎了——这是杜怀宇永远都不会知道的。

夜幕降临，巴黎却醒过来。在整个城市的流光溢彩里，孤单的尹香微然记起上海，记起香格里拉派对上的丝绸披肩和那颗碎了的玻璃心。年轻的爱情啊，有时就如同那颗玻璃心，很真很美，但也很脆弱，总是那么轻易就碎在物欲的振荡里和浮华背后。

爱情最惨烈的结果，就是当你以爱为理由去改造了一个人之后，才发现你的爱就像是一把刀，已经砍去了对方曾经最吸引你的地方！

把什么遗忘在了必胜客

◎叶 萱

他第一眼看见茉莉的时候，就知道自己沉了——像是被冰山撞了的船，顷刻间便万劫不复。说起来，他是家境优越的高干子弟，而茉莉只是个乡下女孩子。举手投足，羞涩的、僵硬的，是未曾见过大世面的畏畏缩缩。受了委屈，只会咬紧了唇，睫毛上立即蒙上一层水雾。

然而，男人偏就是喜欢茉莉那不含脂粉气的干净。那样的干净，是早晨清澈的空气里，一朵白色的小花安静地开放，一缕缕幽香沁人心脾。他几乎没有耽搁一点时间，利用上大课的机会，"翻山越岭"传了纸条过去：我喜欢你，做我女朋友好吗？几乎吓晕了那个叫茉莉的女孩子。

可是他锲而不舍，用了足足一年的时间，终于把这个羞涩的女孩子追到了手。只是，第一次带她出去应酬，让他失尽了面子。

那次是在必胜客，提拉米苏的香甜里闪烁着刀叉耀眼的光。男人和朋友欢声笑语，茉莉不吃东西，表情微微有些尴尬。良久，当男人恍然大悟般想起教茉莉刀叉的使用方法的时候，眼角的余光里却看到对面女孩子揶揄的笑——那个女孩子，从高中时代便喜欢他，只是他从来习惯了目不斜视。

他的脸在瞬间就涨红了。然而，他是真心爱茉莉的。所以，那个夜晚，他发誓要把茉莉打造成最最完美的女子！

果然，第二天，他把茉莉带回了家，从西餐礼仪与服饰品位开始，一点点手把手地教：刀与叉的位置、喝红酒的姿势、站立坐走全是规矩；

CD、LANCOME、CHANEL，香与香之间都是千差万别，ESPRIT、POSE、BELLE；裙裾与鞋是灰姑娘到公主的转折……

  渐渐地，茉莉知道了吃日本菜的时候筷子要横放，知道了左手拿叉右手拿刀点七分熟的牛排，知道了喝红酒前微微地晃与小口地抿，还列举哈根达斯、星巴克如数家珍。现在的茉莉，去必胜客时即使表情生涩，举止却不差分毫。她看了很多书，功课又好，让城里的女孩子都没了骄傲的资本。夏天的时候她打男生身边走过会响起响亮的口哨，如果要形容，便只有一个"百媚千娇"。

  直到有一天，男人带茉莉参加一个自助餐会。从专注聊天的小团体中抬起头，他却惊愕地发现茉莉已不在自己身边。男人急了，惶惶地要找那朵洁白的花，却遍寻不见。他在大厅里急速穿行，过了很久终于在距离他最初所站的不远的地方看到了茉莉水蓝色的裙。看到她的一刹那，他却突然止住了步子：那是茉莉么？他怀疑地问自己：为什么刚才没有看到她？

  到这一刻，男人突然悲哀地发现：他的茉莉，已经和这大厅里所有的女子没有什么不同！而造成这一切,居然就是他自己！

  是他，亲手毁掉了山谷里那朵洁白芬芳、我见犹怜的茉莉花！

  他才发现，原来，爱情最惨烈的结果，就是当你以爱为理由去改造了一个人之后，才发现你的爱就像是一把刀，已经砍去了对方曾经最吸引你的地方！

  终于，他们在必胜客分手了。茉莉离开的时候眼里蓄满了泪水，却咬着牙不让它流出来——她再不是初进城时的那个小姑娘，一点挫折就泪如雨下。

  看着茉莉渐远的背影，男人颓丧至极。离开必胜客的时候他回头看，灯火通明的店里依然有那么多张模糊的脸。

  ——凛冽的冬天，爱情夭折的季节，我们把什么遗忘在了必胜客？

水晶恋情

我将于茫茫人海中，寻访我唯一灵魂之伴侣，得之，我幸；不得，我命。

松鼠之爱

◎榛 生

她第一次在他面前出现应该是这样的情景：全系新生大会，120个座位的教室有150个人在场，黑压压，都坐满了。知道辅导员脾气不好，谁也不敢迟到。就她一个，来晚了。

他刚毕业没多久，脾气不好却是全校有名的，时常沉着脸，天生没有表情肌。不是没有原因，他本来要出国，可惜非典时期，签证难于登天，就这样搁置下来，国外那边等不及，把机会给了别人。他后来想想，岂有不懊恼的，可是生活还是要过下去，他就留校了。

带着一点怀才不遇和壮志难酬，人看上去总有那么一点沉痛。可是他终归才25岁，有的男生不把他当老师，走路还要搭他肩膀，叫哥们儿。所以他渐渐发现，不威严是不行的。不威严，管不住他们，一群顽徒即会疯成猢狲。

他点名的习惯是宁可枉杀千人不可使一人漏网。这天下午，她见势不妙，连忙转身向楼下跑。可是透过玻璃门他已经看到她了，他喝住她，她还跑，那天她穿一双拖鞋，因为刚游完泳。

脚一滑，啪，摔了一跤，拖鞋飞出两米远，她最后还是被他擒获了。进教室，在大家面前工工整整站好，脸都涨红了。就那样他还不饶过她，他要她做一场深刻的检讨，并且要唱歌以示惩罚。她白他一眼，对大家说："对不起。"然后唱歌，其实她有很动听的歌声，那天还唱了一首特别高难度的《那就是我》，她学过声乐。

她一边唱，一边看他。有那么一刻，他被歌声吸引，像奥德塞里听到海妖歌声的水手，忘情地沉醉了。他仿佛看到了世间最美的风景，她唱完

了，他的嘴角居然绽放了一朵显微镜下才能看到的微笑，她全都看到了。

她一瘸一拐地扛了把椅子，到教室后面找个位置坐下。盛夏将尽，窗外一地的花，雪白、耀眼。

那天开完大会，身后有个声音叫住她，是王尘。他长有麦色的皮肤，看上去很是光风霁月。以后，她和王尘当同桌，一起上课下课，同学都以为，她和王尘恋爱了，其实他们并没有，因为她心里总有个影子，那影子有双明亮的眼睛，总是在她身后，像保佑她的一颗天使星……

但她遇到他的次数却很少，不知道为什么，她总觉得他是有意在躲着她。新年联欢会，他每个寝室都去了，大家给他敬酒，他也都喝了，可就在她寝室门口，他偏偏就不进去了，不知道为什么，明明时刻渴想她，梦里也梦见过她，可是看着她的门牌号码，他忽然觉得怯懦了。

他的课，是选修课，她想了想，终于把这一堂课勾去。其实她同他一样，是那种"近乡情更怯，不敢问来人"的感觉——既然他羞于相见，那么她不想冒昧。

她4年里只当众唱过一回歌，就是被罚那次，她也避免了一切有可能和他接触的机会，比如当班干部，参加演唱比赛，等等。

她想一想，觉得这种惆怅简直令人窒息，可是又那么美丽。

王尘够勇敢，一个月亮很好的晚上，他从很远的男生东区宿舍楼跑过来，在楼下狂喊她的名字。她披衣下楼，看着王尘，未免有些怨怼，有什么事儿啊非得这么晚来找我。

"我喜欢你，我会在海边给你买一座小房子，我们会生活得很幸福。"王尘大口大口喘着气说。

她看着王尘，她觉得那一刻心里有个东西一下子醒了。第二天，她疯了一样跑到辅导员办公室。他在，正巧一个人，她在他面前站定，一口气像朗诵诗一样说起来：我喜欢你，我希望毕业后和你在一起，我们会在海边有一所小房子，我们会生活得很幸福……

他听得呆住了，他看着她，就像看一只小松鼠。如果你也有这样的经验——偶然地，你和一只小动物，小猫、小狗、或者松鼠，不期然地目光撞到一起，内心的某种锋芒对上了，你和它会同时心里一阵颤动，一种莫名其妙的恐怖，或者感动。

他看着她，像看着一只小松鼠。他的目光几乎是抚摸着这只小动物，

然后他轻轻地一笑,他说:"可我快走了啊。"

他就这样拒绝她了,过了一段时间,他真的走了,去法国,那是他没想到的一次机会。他知道他选择了这个机会,便等于放弃了她,可是他不选择这个机会,也已经放弃了她。他们的放弃,早在那一次的歌声中,就早已决定。

在成长的时候,我们总是有所捡拾,又有所遗落。而爱情就是在捡拾和遗落里细细生长的花儿,有时,羞涩这片叶子遮蔽了它,它便沉落到最底、最底,然后,我们捡拾了那片羞涩的叶子,落下的羞涩,就叫忧伤。

我的白马王子也许在某个地方,但我的心灵伴侣却就在身边。

意外情人

◎莉萨·桑德斯

"如果他发出约会邀请,你会赴约吗?"我的朋友塔米问道。她正极力把她男朋友的一个朋友同我撮合在一起。正因如此,她才再三邀请我和她一起去打保龄球。

"他不是我喜欢的那种类型。"我说。同时再次远远地打量他一番。他穿着一件褪了色的音乐会纪念T恤衫,上面印有一个我不熟悉的乐团的名字。一条人造革腰带紧紧勒在他瘦弱的腰身上,箍住那条破旧的牛仔裤。他脚上的保龄球鞋看上去是他外表上唯一显眼的装扮,但又不是大多数人穿着的那种租来的保龄球鞋。

不,他根本不是我心仪的类型。我喜欢肌肉发达的运动型男人。我理想的伴侣应该穿卡其布衣服和温文尔雅的衬衣,决不会自己去买一双保龄球鞋的。

"不过,如果他来问我的电话,我会告诉他的。"我说。为什么不

呢？这意味着免费饭，也许还有免费电影。我的侠义心肠还让我想增强这个可怜家伙的自信心。何乐而不为呢？

他应该也对我感兴趣，但他整个晚上都没有跟我讲过话。我想，他要么是沉默寡言型，要么是极度腼腆型。我又看了他一眼，断定他是后一种类型。

走之前，我站起身付费。他也站了起来，窘迫不安地走近我。

"能告诉我你的电话号码吗？"他的声音发抖，额上冒出冷汗。

终于来了，我想。"当然可以。"我回答。

他的脸上荡漾着开心的笑容。他说："我会打电话给你。也许我们可以共度下个周末。"

第二天他没有打电话，第三天也没有。起先，我松了一口气，但后来变得不安。日子一天天过去，而他音讯全无，我被激怒了。我是因为不想让他感觉自己很差才答应跟他出去的，他居然敢不打电话！

6天后，我拿起电话，听到他的声音。"明天能一起出去吗？"他问道。"可以。"我说，做出了令自己都感到万分意外的回答。这些并不是我早就想好的说辞。"你想干什么？"我问他。

"我在想，也许可以吃顿饭，看场电影。我7点来接你好吗？"

第二天晚上，他迟到了几分钟。他的手中拿着鲜花，叩响大门。我父亲走出去，对他说，他敲的那个门通向我家的车库。看到他没穿那双保龄球鞋让我舒了一口气，尽管比起他脚上那双难看的鞋子来，保龄球鞋看上去要时髦一些。这不是我的梦中情人在我们头次约会时应该选择的衣着，但我决定什么也不想，只要开心就行。

出人意料的是我的确非常开心。这是我有生以来最好的一次约会。刚开始我们还有点尴尬，但开始交谈后就一直没有停下来。他风趣幽默，我感觉到我们之间有着不同寻常的联系。

不知不觉中，三年过去了，他建议我和他一起共度余生的每个晚上。我欣然同意。

11年前，我与一个不合我心意的家伙约会。8年前，我嫁给了我的绝配。有时，我仍不能相信他们是同一个人。他不是我想象中的那种类型，但却比我少女时代的任何梦中情人都强。我的白马王子也许在某个地方，但我的心灵伴侣却就在身边。

121

真正的爱情经久不衰，就像名酒越放越醇一样。

宝贝别流泪

◎徐 彦

二战前，英国伦敦有一位漂亮姑娘叫迈克丝。有一个小伙子叫克鲁斯，他因为贫穷，不能像有钱男人那样，给迈克丝送这送那。他表达爱慕的方式很独特，每天在迈克丝经过的路口等着，迈克丝一到，他就跟在她身后，吹口哨给她听。他每次都吹同一支曲子，吹得婉转优美，悦耳动听，此前迈克丝从没听过这支曲子。有一次，她忍不住问起曲名，克鲁斯告诉她，这是他自己编的曲子，叫《宝贝别流泪》。

克鲁斯终于用美妙的口哨声打动了迈克丝的芳心，两人相爱了，迈克丝也学会了吹这支曲子。不久，二战爆发，克鲁斯应征入伍，上了前线。迈克丝日夜思念着心上人，每天都上教堂祈祷，求上帝保佑心上人平安回来。可半年后传来坏消息：克鲁斯所在的部队吃了败仗，几乎全军覆没，克鲁斯在战场上失踪，生死未卜。迈克丝承受不了这巨大的打击，病倒了，住院期间，有位名叫斯汀蒂的年轻护士对她悉心照顾，她将自己跟克鲁斯的爱情故事讲给斯汀蒂听，斯汀蒂被深深感动了。迈克丝还教斯汀蒂吹那支《宝贝别流泪》。

迈克丝出院后，每月都到军人出没的车站、码头或者酒吧寻找克鲁斯，她嘴里吹着那支《宝贝别流泪》，她相信她的克鲁斯不会死，克鲁斯只要一听见她的口哨声，就会出现在她面前。很多士兵都认识了这位吹口哨的年轻姑娘，并热心地帮她打听克鲁斯的下落，但遗憾的是，克鲁斯一直杳无音讯。

这天，下着雨，天地间灰蒙蒙一片，迈克丝突然在街上发现了一个熟悉的背影，克鲁斯！没错，就是她的克鲁斯！迈克丝血往上涌，呼吸几乎都停止了，可克鲁斯为什么不来找她呢？她再一瞧，克鲁斯两只胳膊全没了，袖筒空空荡荡的。她顿时明白了：克鲁斯是因为残疾了，怕拖累她，所以避而不见，顿时，泪水模糊了她的眼睛。

迈克丝充满深情地喊道："克鲁斯！"可克鲁斯已经穿过了马路。迈克丝不顾一切地追了过去，正巧一辆卡车急驰而至，将她撞倒在地。她被送到医院抢救，但因伤势太重不治而亡。临终前，她才知道那人不是她心爱的克鲁斯。她求赶来看望她的斯汀蒂一定帮她找到克鲁斯，告诉他，今生今世她做不成他的妻子，下辈子她一定嫁给他。斯汀蒂含泪答应了。

不久，士兵们出没的场所又出现了一个吹口哨的女人，她就是斯汀蒂。

一次，有位军官听到斯汀蒂的口哨后，问她："你吹的曲子是不是《宝贝别流泪》？"斯汀蒂眼睛一亮："没错，您以前听到过吗？""是的。"军官告诉她，他指挥的部队在一次战役中救了几名被德国人围困的英军士兵，其中有一名下士叫克鲁斯，后来克鲁斯他们加入到他的部队里作战。战斗间隙，他听克鲁斯吹过这支动听的曲子。

斯汀蒂激动地跳了起来："那后来呢？"

"那一仗打得非常激烈、残酷，我的部队被打得七零八落，我自己也受了伤，昏过去了，等醒过来时，我已经躺在了战地医院，就再也不知道克鲁斯的下落了。唉，可怕的战争！"

斯汀蒂非常沮丧，但她坚信：只要克鲁斯还活在世上，就一定能找到他，完成迈克丝的遗愿。

几个月后，斯汀蒂所在的医院要抽调一部分医务人员，前往法国前线。她头一个报名，她希望能找到克鲁斯。她很快如愿以偿，来到了法国一家战地医院，投入到紧张的救治伤员的工作中。

忙碌之余，她找伤兵们打听克鲁斯的下落，并一次次深情地吹起口哨。一天，医院进来一名头部受伤的上士，他一直昏迷不醒，据送他来的英军士兵讲，他很有可能是从德国战俘营逃出来的，不知道他的姓名、所在的部队等情况。

几天后，这名上士终于苏醒了，但头部、脸和眼睛仍被绷带绑着。他的情绪十分低落，动不动就发脾气、找茬儿，拒绝医护人员的治疗。这一

天，当他听到斯汀蒂吹的口哨声，身子突然像被子弹击中一样，一动不动，失声问道："迈克丝，你是迈克丝吗？"斯汀蒂断定他就是克鲁斯，一时激动不已，她决定暂时冒充迈克丝，因为克鲁斯可能承受不住迈克丝已死的打击，她流着泪走到克鲁斯跟前，紧紧地抱住他，哽咽着唤道："克鲁斯，是你吗？我是迈克丝！"

两人非常激动，紧紧拥抱在一起，最后情不自禁地一起吹起了那支《宝贝别流泪》。优美的口哨声在病房内回荡，几乎所有的伤员和医护人员都停下手中的活儿，认真聆听着。这一刻，大家都忘记了那该死的战争，心中充满了温馨和浪漫的感觉。

爱情的力量是无可匹敌的，心爱的女人意外地出现在身边，使克鲁斯乖乖地配合大夫的治疗，他的伤势慢慢好起来，不久就可以重见光明。可斯汀蒂却一天天忧郁起来：克鲁斯深爱着迈克丝，当他的眼睛痊愈后，发现面前的女人不是自己的心上人时，他的精神会不会崩溃？

再过两天，克鲁斯就可以摘掉绷带了，斯汀蒂找院长说明实情，要求调往别的医院工作，院长答应了她。斯汀蒂来到克鲁斯的病房。深情地在他额头上吻了一下，故作平静地对他说："亲爱的，我要调动工作了，等战争结束，咱俩回到伦敦再见吧！"

克鲁斯紧紧抓住斯汀蒂的手，深情地说："迈克丝，请你记住，无论活着还是死去，克鲁斯的心都永远跟你在一起。"

一席话说得斯汀蒂泪如雨下，她克制住自己的情绪，跟克鲁斯一起吹起那支《宝贝别流泪》，婉转美妙的旋律再次涤荡掉人们心中战争的阴霾，让大家看到和平、安宁的曙光。战争终于结束了，斯汀蒂回到了伦敦。她回来的第一件事，就是去迈克丝坟前，告诉九泉之下的迈克丝，克鲁斯还活着。另外，斯汀蒂还鼓起勇气透露出自己的心愿：她愿意替代迈克丝，陪伴克鲁斯度过这一生。

当斯汀蒂蹲在迈克丝墓前喃喃自语时，一位英俊潇洒的英军少尉出现在她身后。少尉凝视着斯汀蒂那俏丽迷人的背影，突然吹起了口哨。斯汀蒂心一动，回过头来，发现这少尉既熟悉又陌生，奇怪地问："请问您是谁？您认识迈克丝小姐吗？"

少尉缓缓地摇摇头："不，我不认识她。但是，斯汀蒂小姐，我认识您。您还记不记得，在法国那家战地医院里，那名受伤的上士？我就是他。"斯汀蒂惊呆了。少尉名叫易康迪,战争期间,他曾被德国人俘虏,在战俘营里他结识了同样被俘的克鲁斯,两人成了知心朋友。克鲁斯向他讲述了他跟迈克丝之间的爱情,并教他吹口哨。他俩每天都吹那支《宝贝别流泪》来打发时间。后来他们跟其他战俘密谋了一次逃跑行动,并取得了成功,但克鲁斯为掩护易康迪,中弹身亡了。

身负重伤的易康迪后来被英军救下,送到了斯汀蒂所在的那家战地医院。当斯汀蒂吹起那支熟悉的《宝贝别流泪》时,易康迪以为她就是迈克丝。他从克鲁斯的表述中,得知迈克丝是位善良温柔的姑娘,一时不忍心告诉她克鲁斯已经牺牲的真相,便冒充起克鲁斯来,心想幸好那时自己的心、脸、眼睛都绑着绷带,迈克丝认不出来。他打算等自己的伤痊愈后,再将一切和盘托出。

当斯汀蒂调离那家医院,易康迪眼睛重见光明后,他找到院长,院长说出了真相。他被斯汀蒂那颗善良的心深深地打动了,发誓等战争一结束,就立即去寻找斯汀蒂,向她表达爱慕之情。

他还没说完,斯汀蒂早已泪流满面。这一刻,两颗真挚善良的心紧紧地贴在了一起。

半年后,易康迪和斯汀蒂步入了婚姻的殿堂。举行婚礼那天,他俩相拥着来到迈克丝的墓前,请九泉之下的迈克丝保佑他俩婚姻幸福,白头偕老。他俩相信:迈克丝在天堂肯定见到了她心爱的克鲁斯,两人也一定会长相厮守,朝夕相伴!

爱情之中高尚的成分不亚于温柔的成分，使人向上的力量不亚于使人萎靡的力量，有时还能激发别的美德。

一则故事 改变一生

断　箭

◎郭　葭

　　大学里的第一年的冬天，我坐在校园里的长椅上，看一本书。有人走过来，是个男生，他说："风很大，你穿这么少不冷吗？"

　　他穿着漂亮的夹克，他戴着一双十分精致的手套，他还有一张漂亮的脸。

　　我没有回答，我和他，从穿着上已分了阶层，他来念书，我却是来拼前途。

　　他并不离开，他自我介绍说，他是大三的卫东。

　　那是第一次见他，没有涟漪，也无心动，我不怕冷，就像不怕长时间的孤独。

　　系里的元旦晚会上，卫东是最出风头的主持。现场气氛热烈，我听旁边的女生说："卫东真酷，尤其是那双酷酷的黑手套。应该是真皮的吧，听说他家里很有钱。"

　　台上的卫东光芒四射，亮得人睁不开眼。我悄悄退场，操场的灯光映照着宣传栏，正中央，是系里奖学金状元榜，有笑得酷酷的卫东，无所不在的卫东。

　　我想，无论男生女生都希望是卫东吧，富有、俊美、才貌双全。

　　星期日的图书馆，又看见卫东。他的书掉了一地，我帮他捡起来，看见他的黑手套，我说："戴手套很好看，可是不灵活，不好翻书的。"

　　他的样子很平淡，他答："我知道。"他抱着书离开。喜欢外表美好的事物，喜欢和其他女生一样，留心他俊美的脸，他笑起来，万人迷的诱惑。

上帝给了他太多。

于是在投往校刊的一篇散文中，我未署名，写了一点孤独的心事。我说，曾有人说，上帝给谁的都不会太多，可我却看到一个又一个幸运儿。我站在我一个人的愚人码头。

我没想到，他来找我，卫东来找我。他说："你不该这么悲观。"

他笃定那文字的作者是我。

我说不是，他说是。他盯着我的眼睛，我心慌，想逃，我好恨他，他凭什么这样逼我。

半晌他叹了口气："你真像我。可我要你知道，上帝真的不会给一个人太多。"

他缓缓扯下右手的黑手套——他的右手，竟只有一根大拇指！

他说："你现在知道我为什么戴手套了，十年前，我的四根手指被生生地压断。没断的时候，它们修长、精致，可是它们断了，精致也就跟着断了。我曾经想过死。"

他平静地说着，我听得泪流满面。我说："不，它们还是精致的，在我心里，永远都是。"

卫东擦去我脸上的泪，用他的右手仅剩的一根手指。他说："知道吗，第一次看杨过断了手臂，我想，我和他一样，是个残废了。"

他的声音平淡而哀伤。我说："我愿意是那个人。"卫东说不，他会拖累我的。我说怎么会呢，他这样能干。

卫东看着我，眼光爱怜："你不明白，要怎样才明白呢？我天天晚上都想着你，可是不能告诉你。我的右手等于废了，我没办法上机练指法，不能一次拎四瓶开水，戴了手套，我有时拿不住太多的东西。"

他笑了，他说："真好笑，丘比特的箭射中我，一看，却是一支断了的箭。"

我说，我要和他在一起。

他毕业了，因为断指的残缺，他找不到工作。我把和他的恋爱告诉了姐姐，姐姐说："他若只是卫东，我同情他，他如果要成我的妹夫，我反对。"

我不能再受苦，卫东和姐姐一样，这样对我说。

"我不愿意看到你痛苦，选择的痛苦。在你还没为我的断指和我争吵之前，我选择放手。"卫东在电话里诀别。

从此，他从我的生活中彻底消失。

和卫东在一起，每一个人，包括他自己都铁定我会后悔，因为他只是一支断箭。

我那时不明白，到今天我毕了业，我只有在心里怀着感谢——我不敢面对我的自私，我只能感谢这一生，含泪谢他。纵是一支断箭，也温暖了孤独的青春。从一开始，注定我无法回报。

爱情在动静之间，缘分在聚散之间。

缘分天空的两端

◎江 航

在供职的公司她和他是同事。在这座冰冷的城市里，她和他皆是来自异乡的男女。都是低调而寂寞的人，走到一起倒也是自然。

从来没有谈过彼此的过去，连一些身世背景都不曾提起，时间还早着呢，总有一天会知道。但这并不影响爱的进展，反而让恋情多了几许神秘。

但神秘并不能代表长久，原本这就是一个朝不保夕的情感都市。

分手是在几个月之后，那是他准备离开目前就职的公司时。他有一个更好的发展机会，他不想错过。分手是他提出的，她有些伤感，在不多的相爱时间里，虽然话不是特别多，但总是有种默契。

他是有些抱歉的，提出分手时小心翼翼的，生怕伤害了她。在咖啡馆里，他说自己如果去了另一座城市，就无法保证对她的忠实。他说这话

时,她看着他的眼睛,他的眼神在幽暗的光线里,闪着一种坦诚的光芒。

活在真实里总比活在欺骗中要好,她默认了他提出的分手,虽然她仍有掩饰不住的遗憾,但也只能如此了。

几天后,她去机场送他。在这座陌生的城市里,除了她,他其实也没有什么朋友。在候机室里,她沉默不语,似乎找不到合适的话。

然后他开始寻找合适的话题。他突然想起自己和她其实彼此之间还一无所知,于是他对她说起自己过去的生活。他从来没有说过那么多的话,全是关于他自己的身世背景和故乡。他沉醉在一种回忆里,对她讲着那些年少时的往事,从中学讲到大学再讲到他最初的工作经历。

在喧哗的候机室里,她专心听着关于他人生中的那些往事,心里不断泛起一丝丝说不出的滋味,那是一种惊异的感觉。好几次,她想开口说些什么,但他一直在不停地说,丝毫没有注意到她的表情变化。

候机室里传来的登机语音信号,打断了他对她讲述的回忆。他把目光从前方的玻璃窗上收回,这才看到站在自己身边的她,眼里已有盈盈的泪光。他上前去握她的手,对她轻轻微笑。也许,我们不是最有缘的人,他一字一句地对她说。她看着他闪亮的双眸,在喧哗的候机室里,仿佛是她寂寞岁月里的一颗宝石,令她的心在瞬间燃烧了一下,然后,又骤然熄灭。她轻轻抽出被他握住的手,对他微笑着说再见,然后便带着满腹他永远不会知道的遗憾转身离去。

其实,她没有告诉他的是:和他一样,她也来自上海。她小时候一直住在长街的另外一头,与他的家只隔一条窄窄的弄堂。她也没有告诉他,小时候他常和伙伴踢球的操场旁边的花园,是她与女伴轻言细语的乐园。她和他读的是同一所小学,中学虽然不在一起,但她中学的校园门,和他的学校门,只是一个斜对角。同一所大学里,她和他念的是不同的系科。她最初的工作经历也在上海,去的第一家公司是他曾经工作过的,她进去的时候,他刚刚离开。后来她第二次换工作时,和他终于呆在同一家公司里。她只在那工作了三个月,她上早班,他上晚班。她和他在十多年的人生岁月里,有过很多次近距离的相遇,但从来都是浑然不觉地擦肩而过……她在机场的外面,看着他乘的飞机缓缓地升起,想起先前他在候机室里对她说的话,她的嘴角泛起一丝伤感的笑意。已经有了那么多次的擦肩,再错过一次也是无妨了。所谓缘分,不过如此了。

129

贫富悬殊是爱情最大的敌人，其实，比贫富悬殊更能杀死爱情的，是年轻而倔强的心。

火百合没有"眼泪"

◎优　游

我一直以为，如果说能有什么把我和越泉分开，那一定是横亘在我们之间的贫富落差。

在大学时我出演《小王子》一戏中的玫瑰花，那时在多数剧组成员眼中，我过于傲慢：别人的场次，决计不来观摩；来时必背一个沉重的书包，猛背单词；除了社长和编剧，不跟任何人搭讪；遇到聚餐，一律鞋底抹油……大家摇头，美丽的女孩子多半恃宠生骄。

只有灯光师越泉不这样评价，他是建筑系学生，个子高大，相貌斯文，笑起来牙齿整齐好看，他与人争辩，"没有这份悄然独立的气质，怎么演得好玫瑰花"云云，就因为这句话，我情不自禁地爱上他。

别人只看到美丽的外壳，但谁愿意走近艳光之下的真相？入校时我穿一件白裙，身后有男生赞美，白衣好，真似终南山下的小龙女，谁晓得我爸得了糖尿病，工资只拿50%，家里绝少光顾成衣店，妈妈从布店买得几尺最便宜的白棉布，爸爸的汗衫、她的休闲裤、我的白裙便一同诞生；不聚餐，是因为即使只花二三十块钱，也令我一个星期的伙食费不得宽裕。然而，十八九岁的女孩子谁没有一点儿半点儿的虚荣心？只得保持一份清冽的孤傲，离群索居。

与越泉谈恋爱很长一段时间内，他家境如何我从不多问，爱情是两个人的事儿，跟家庭出身有什么相干？表面看，他和任何一个出生于小康之家的男生一样，穿校服打篮球下载MP3，吃食堂四五块钱一份的小炒，

也请我吃过日本料理，偶尔帮房地产公司做做设计；他单纯开朗，知足常乐，赚得银子就带我去参观军事博物馆、紫檀博物馆、古文化博物馆……令我稍感奇怪的是，他似乎只爱人工建筑，从不带我去公园、植物园，静止的器皿比起活色生香，似乎更能勾起越泉的兴趣。

一次参观完军博的展览，我们坐114回学校，透过围墙隐隐看见玉渊潭公园樱花烂漫。越泉附在我耳边轻轻地说："十年后我会为你设计一间全国最美的书房，让你在曲水流觞中安心写作……"那个春天的瞬间是我在北京经历过的最美的瞬间，太美了反而让人觉得不真实，就像《半生缘》里世钧向曼桢初次表白的情景，一轮孤月照在咖啡馆上，温暖得不似人间。

《小王子》公演时间日渐逼近，一天我正揣摩角色，越泉忽然说，周末有没有兴趣去我家玩？我俩从四环出发，渐行渐远，四周的景色变得荒芜。我多傻啊，还想呢，他家里比我想象得穷啊，住得这么偏僻？直到看见郊外一幢又一幢的连排别墅，才张大了嘴巴。照童话的套路，"灰姑娘"此刻该抱着水晶鞋欢喜若狂吧，然而我不，我第一个念头是逃离。

这是越泉给我的第一个意外。

此时，他依然不清楚我的家境，他是否在乎我不知道，而我的潜意识里愈发在乎起来。我更加认真地听课，做事情进取心更强，将来找到一份好工作就是最好的嫁妆。

国庆节，因为父亲突然病发，我不得不回家一趟。前脚刚迈进门儿，后脚电话就响，越泉想过来看看。接下来的一整天，母女俩手脚不停，又旧又小的布局无可改变，我们能做的不过是洗去褪色的窗帘上的灰尘；把20瓦的电灯泡换成40瓦的……连父亲都来锦上添花，他数十年的唯一嗜好便是养花，这次把全部宝贝放在醒目的位置，黯淡的小屋一下子艳丽了许多。女儿，你的窗前该摆一束火百合，父亲指点。

从车站接越泉过来，一路说说笑笑，但迈进家门口，他的表情开始渐变，环视整个房间就眉头一皱；父亲介绍自己只不过是吃劳保的园艺师时，他"哦"了一声，眉头锁得更深，甚至捂住鼻子，好像在这个房间再多呆一会儿就会窒息。那天，他总共呆了不到10分钟就走了。这是越泉给我的第二个意外。

我在父母面前羞愧得无地自容，自己怎么找了这么个浅薄的男友。人

在愤怒中通常思考力很弱，甚至抽不出一分钟琢磨，平素豁达的他为何突然间换了一个人？第二天越泉的电话有解释之意，我匆匆打断了他："或许我们可以等到公演完再说，现在我唯一牵挂的，只是《小王子》里的对白。"其实盘旋在脑海中的只有一句话，我也要给他一个"意外"。

终于，10月8日，好戏开锣。请给我一束追光，玫瑰花和小王子就要分别的一刹那，小王子一步三回头，恋恋不舍，就在这时，我拽住男主角的胳膊，凄然一笑，认真地吻他——剧本里绝对没有这个情节，我临时添加。周围一片寂静，包括那位男主角也懵懵懂懂，一分钟后，掌声四起，只有头顶上流转的灯光，突然凝固了，像死鱼的眼睛。

此后越泉再也没在剧社出现过，过几个星期，我也以"功课繁忙"为由申请退社了，社长问："和越泉分手的事儿，没有转圜的余地？越泉从家世到性情有什么不好，难道你也害怕他的"花粉过敏症"吗？那个病虽然重一点儿，却没什么大碍的……"我呆住了，回到宿舍打开GOOGLE，狂搜"花粉过敏症"这个词，关于它的叙述很简单："一般患者咳嗽、流泪、皮肤发痒，严重者会晕厥，乃至危及生命。"没错儿，第一次去我家，越泉简直陷入花的致命海洋里。全社都知道这个秘密，唯独我不知道，因为我始终只是朵离群的"玫瑰花"。至于越泉为什么不告诉我，也许他怕我有一丝一毫的顾虑……

记得那天越泉走后，我把窗头的火百合一片片撕碎，脸庞上并不流淌伤心的泪水，成长教条告诉我，哭泣者是软弱的，所以我才选择在灯光下堂堂告别，转身的姿态那么决绝，来不及给他与自己留一个转圜的余地。古老的教科书里写道，贫富悬殊是爱情最大的敌人，其实，比贫富悬殊更能杀死爱情的，是年轻而倔强的心。

第八辑

丛林物语

在梦里我拍着疲倦的翅膀，

静静降落在大树上。

凝望着悠远的夜空，

月的冷光清晰印出，

苍鹰翱翔的身影，

我靠着树干闭上眼睛。

再一次回到，

梦里的丛林。

真的爱情，一个人心里装满另一个人，第三个人是无论如何也插不进去的。

豹王之死

◎陈 俊

如果说，这世界上还有一种动物不是为了活着而活着的话，便是猎豹。作为上古猛兽剑齿虎嫡传子孙，它们保留着一种桀骜的高傲，不屑像鬣狗般成群结党，懒得如狮子那样使用群殴方式，自己便是自己，也只靠自己，靠着笑傲草原的高速，在风驰电掣的奔跑中追逐着生命的延续。每一头猎豹，都是问心无愧的独行侠，哪怕饥肠辘辘，也永远不会去和秃鹫争夺一丝腐肉和残渣。

然而，饥饿和势单力薄，使得它们数目锐减，截至2003年，这群骄傲的完美主义者数量已不过15000头。

而猎豹的死亡速度远远高于它们的繁殖速度——公猎豹精液中的精子率成活极低，每交配50次才能保证让一枚卵子受精；母猎豹也总是眼高于顶地精心挑选着自己未来孩子的父亲——皮毛、体态、速度……从相识到成功交配需要长达6个月的熟悉过程。它们，就像隐居于古城堡的贵族一般过着不为人知的精细生活。

动物学家们焦虑万分，绝不能让这种凝聚速度与美感的生物灭亡！于是，南非，德瓦尔德猎豹研究中心成立了——这是全球唯一的猎豹专业权威研究院。确切一点说，它是一座猎豹繁殖基地。

阿加西是德瓦尔德中心的第一位客人，也是独一无二的贵宾，因为它是一头纯种的国王猎豹——普通猎豹皮毛上的斑纹是斑点状，而国王猎豹的花纹则是和老虎一样的条纹状，平均每一千头猎豹中才会有一头国王猎豹，这是一种典型的返祖现象——因为它们的祖先剑齿虎便是条纹状花

纹。换言之,全世界的国王猎豹数量不过15头而已。德瓦尔德中心的当务之急就是延续国王猎豹这一珍稀物种。

然而,对于早已恭候在德瓦尔德中心的那些被人工喂养得毛皮光滑、整天只会在阳光下打盹,优雅地小口嚼食新鲜牛肉的准嫔妃们,阿加西表现出了极大的冷漠。在它心中,只有在草原上追星逐月,用风一般的速度获得鲜血滋润的母猎豹才有资格成为自己的女人。动物学家们试探着将一头头精壮的母猎豹放进阿加西的笼子,结果让所有人瞠目结舌——凡是春情荡漾地去撩拨阿加西的母猎豹全都被撕咬得遍体鳞伤,哀叫着在笼子的角落里缩成一团。

面对这样的意外,所有人都束手无策,可是就这样将阿加西放归自然,又的确于心不甘,于是,阿加西独霸着一个宽敞的笼子,过着至尊无上而又清心寡欲的生活,直到莲娜的出现。

莲娜是一头被动物学家们从死亡线上拉回来的母猎豹,那天,莲娜刚刚飞奔着扑倒了一只迅捷的飞羚,一群投机的鬣狗就围了上来——鬣狗本就是草原上的强盗,最拿手的就是夺取猎豹的猎物。面对鬣狗的围攻,别的猎豹早就明哲保身放弃猎物逃之夭夭了,可性烈如火的莲娜却毫不放弃,为了保护自己的成果和一群鬣狗"大打出手"。当中心的动物学家们发现莲娜的时候,它已经奄奄一息了,可嘴里还死死叼着一条飞羚腿。

由于伤势严重,莲娜被独自关到了阿加西另外一边的单独的笼子里,它一动不动地静卧在地上。可是,阿加西的鼻子忽然抽动了一下,它闻到了莲娜身上和鬣狗搏斗时沾染的鬣狗的口水的味道——这种味道,只有大无畏的猎豹身上才会拥有,这是一种至高无上的骄傲。它慢慢踱到靠近莲娜的笼边,就这样静静地凝视着莲娜,眼中的坚冰,开始一点一点融化。

在动物学家们的治疗下,莲娜的伤势很快痊愈,不过,它对所有人依旧表现出强烈的野性和攻击力——在没有麻醉的前提下,没有人敢走进它的笼子,别的母猎豹视为美食的新鲜牛肉它不屑一顾,它只吃自己捕获的活生生的猎物,中心的工作人员只有将活蹦乱跳的羚羊扔进它的笼子,它才会进食。对与众不同的莲娜,阿加西的兴趣越来越大。它们隔着笼子,很快就开始温柔地摩擦对方的鼻子,感情急剧升温了。

当中心终于将阿加西和莲娜合笼之后,两只豹很快缠绵到了一起,它们同起同宿,一起在中心宽广的活动场地上奔驰、嬉戏……很快就度过了

丛林物语

135

半个月的快乐时光。

　　清晨，当阿加西从睡梦中醒来，下意识地去摩擦身边温暖的身躯的时候，却摸了个空——莲娜不在了——昨夜，工作人员已经悄悄麻醉了它们，将它们分笼了，莲娜已经怀孕，而阿加西还有别的母猎豹等着它的滋润。

　　为了保证繁殖数量，动物学家决定对阿加西实行人工取精。很快，阿加西的精液使得中心的12头母猎豹怀孕了，加上莲娜，一共是13头母猎豹。可是，阿加西根本不知道发生了什么事情，依旧一往情深地等待着与莲娜重聚的日子。

　　6个月后，莲娜生下了一头健康的小猎豹安西，条纹状的斑纹在阳光下熠熠生辉，莲娜爱怜地舔舐着安西，就像以往阿加西舔拭自己一样，它以为，自己产下的是阿加西独一无二的后代。

　　可是，随着隔壁笼子的母猎豹们接二连三产仔，莲娜的心被一次又一次撕裂了——产下的全都是披着漂亮条纹斑纹的小猎豹——中心只有阿加西有这样的遗传能力，阿加西对自己不忠？

　　与此同时，阿加西也被这突如其来的惊恐搞得无所适从，它做梦也没想到自己忽然会成为众多新生小猎豹的父亲。它不知道莲娜看到这种情景会如何想，它自己的确不能解释为何这些出生的小猎豹身上都带着毋庸置疑的自己的遗传烙印。

　　在这样的恐慌中，莲娜终于带着安西回到了阿加西独居的笼子，阿加西压抑着自己按捺不住的狂喜，怯怯地一点点向莲娜靠近，莲娜一动不动，冷冷地盯着阿加西，仿佛，它是一个素昧平生的陌路人。

　　阿加西的热情一点一点消退，它知道，莲娜已经完全误解了自己，可是，自己都不知道该怎么解释这种荒唐的局面。它快快地低下头，趴在地上，再也不敢看莲娜一眼，心里是无尽的委屈和郁闷。

　　忽然，耳边传来一声凄厉的惨叫——莲娜咬住安西的脖子在地面死命摔打——它不能容忍自己的爱情结晶只是花心丈夫众多遗珠中可有可无的一个，要得到就得到唯一的，要么，就索性不要！阿加西目瞪口呆地看着自己牵肠挂肚的孩子惨叫着被它的亲生母亲结束了生命，心，碎成一片一片……

　　当动物学家们赶来的时候，一切都已经晚了，莲娜木然地缩在笼子的

一隅，眼中，是一片空洞和绝望，油亮的毛皮在瞬间已经变得干枯黯淡，仿佛变成了一具只有躯壳的标本。阿加西小声呜咽着，轻轻舔拭着还未和自己亲近过的安西，一下一下舔在安西身上，湿漉漉的，不知道是口水还是泪水。

鉴于莲娜的伤害性举动，中心不敢再收容它，在被麻醉后，莲娜被放归了自然。

失去了莲娜的阿加西很快失去了以往英姿勃勃的模样，变得颓废而憔悴，再也无心打理自己引以为豪的皮毛，枯草、泥土、食物残渣，在它的皮毛上恣意缠绕，它也不再威风凛凛地巡视自己的领地了，甚至，不再进食。

束手无策的动物学家只得在将它麻醉后，把它也放归了克鲁帕草原。阿加西蹒跚在曾经意气风发的草原上，忽然，一股熟悉的味道扑进了鼻子——是莲娜。它发疯般地冲过去，迎接它的却是莲娜已经枯槁的尸体——自从亲口杀死了自己的孩子后，莲娜就已经再没打算活下去，它是饿死的，绝食而死！

阿加西长啸一声，温柔地嗅嗅莲娜的尸体，与莲娜并排趴到了一起——再也没人能把它们分开，再也没人能勉强它们了，也许，在天堂，它们能再次在云彩间开心地追逐嬉戏……

初萌的爱情看到的仅是生命，持续的爱情看到的是永恒。

一则故事 改变一生

相濡以沫

◎亦 夫

那天，我和同事去北京出差。汽车路过杨村和廊坊交界的旧街路段时，我感觉开在前边的车辆速度慢了下来。

这一段路路况不太好，是不是出了交通事故了。事实很快就否定了我的这个疑问，因为车队的速度慢是慢了点，但是在匀速前进。车行了约5分钟后，前边的车呈半圆形拐了个弯。正疑惑间，一个奇观扑进了我的眼睛，公路中间有一只死去的喜鹊。另一只喜鹊陪伴在它的身边，这只喜鹊身体呈黑褐色，并泛着紫色的光芒，其余部分为白色。它一边哀鸣，一边用喙为死喜鹊梳理羽毛，其情其景令人黯然神伤又令人肃然起敬。

在我的家乡，喜鹊是最常见的留鸟。我知道喜鹊除了群体活动，便是夫飞妻随的夫妻行动。我不知道公路上的这对喜鹊哪一只是丈夫，哪一只是妻子。事实上，这个问题现在已无关紧要，我看见那只活喜鹊的眼睛里，此刻盈满了哀怨、愤怒的泪水。此前，我只听说过杜鹃啼血、鸳鸯殉情等有关鸟类的爱情故事，而这对患难的喜鹊却让人心潮澎湃。只是眨眼之间，一对喜鹊便变成了一只孤鹊，一只哀鹊。其实，从某个角度来讲，人也是鸟，鸟也是人，《梁祝化蝶》的凄凉在一瞬间便袭击了我。

下午，我们从北京往回返时，本来计划是要走京津高速公路的，但为了能看一看这对喜鹊，我们又走了105国道。说实话，能不能再次见到这对喜鹊，我已没有抱太大的希望，也许，那只死喜鹊早已被汽车压成肉饼了。但是我不愿意放弃这次机会，我要看一看过往车辆的司机们，他们的爱心究竟有多深。车出廊坊，前边又出现了缓缓而行的车队，而我的心开始跳

得很快。真的，我又看到了那两只喜鹊。还是那个地方，还是那只活着的喜鹊在用喙为它的爱人梳理羽毛，而它自己的羽毛却因哀伤和车辆带来的尘土而黯淡了许多。

感谢来来往往的汽车司机们为我留下了这个珍贵的镜头，感谢司机们为这场生死之恋抑或是爱情悲剧拐了一个弯。那只活着的喜鹊，让我知道了夫妻之间什么叫相濡以沫，什么叫生死与共。我想今天为这对喜鹊夫妻感伤与流泪的人，肯定不止我一个人，因为我看见司机小王也偷偷地抹了一下眼睛。

把爱拿走，我们的地球就变成一座坟墓了。

令人难忘的独眼牛

◎佚　名

"这些牛，干吗老是拣这么冷的鬼天气来下崽儿？"丈夫比尔的口气透着些烦躁。他竖起羊皮衣领来，我和儿子斯哥特紧跟着他，一起朝牛棚急急忙忙奔过去。这已是午夜光景，亚利桑那州这片荒凉的草原上，气温已经降到了零下五度。

瓦伦丁，个儿头像山一样的荷兰乳牛，产期已过了一个月。它长得太大了，体重将近3000磅，我们很为它担心。它可不像我们的赫里福牛能在草原上产仔，瓦伦丁得在温暖的牛棚里生产，因为它地位特殊——是个奶牛"保姆"，不仅每年产的奶量足以养活自己的小牛，还喂养着其他奶牛的三四头牛犊，那些奶牛有的是难产死了，有的是奶水不足。

在它产仔的三个小时里，我们一直看着这个牲畜在干草堆上痛苦地踢蹬着，最后瓦伦丁轰地倒在地上。它没借助什么外力，就产下了一头140磅重的小母牛，这相当于正常小牛的两倍，身上呈着奶油样的颜色。完事后

我们赶紧返回屋，钻进空了半夜的被窝里。

天亮前，我走进牛棚，想看看小牛站起来没有，吃没吃奶。隔着老远，就听见小牛在角落里有力的吸吮声。瓦伦丁哞哞地叫着，向我打着招呼。"好样的。"我喃喃地边说边朝它靠近，想摸摸它的耳朵。这时，我脚下踢到了草堆里埋着的什么东西，一声凄厉的吼叫似乎划破了黑暗的牛棚。

我大气也不敢出，赶忙跑去把门开些缝，透进亮光，我没有料到会有什么东西躺在眼前——有只丑陋不堪的活物在那里扑腾着。原来这是头黑色的小牛，跟先头漂亮的小牛是双胞胎，而它却生得畸形难看。

它挣扎着，试图要站起来。我吃惊地看到，它头部硕大，背上隆起一个驼峰样的大包，短粗的腿弯弯扭扭，蹄子如同几只小木棍。我心里顿时对它充满了怜爱，我跪下来，伸手去抚摸它。可怜的小家伙嗷嗷地哀叫着，把我的手指当做奶头吸吮着，我抱过它来，轻轻地转一下它的头，要看看它长得什么样。这一看，我的心跳好像都停了。这家伙只长了一只眼睛！上帝怎么会这样残忍呢？

不知道当时我们为什么没有弄死它，它的孪生姐姐对它感到很害怕，妈妈则对它十分讨厌。每当它想吃奶时，妈妈就踢它，又用角顶它的身体，直到它摔倒在地。但每次不管伤得怎样，流了多少血，这个丑陋的小东西还是拼命地站起来，做着一次又一次的努力。它想活下来！

为了决心吃到奶，它远远地从畜栏的角落里密切地在注视着妈妈的一举一动，它一直等待到它躺下打起了盹，才挪到近前去吃口奶，它那紧紧吸吮的样子，就像溺水者抓住了救命的稻草。

刚开始，我的大孩子们觉得这小牛丑得让人讨厌，可看到它为了活下来那样努力去抗争，便逐渐改变了想法。"爸爸，它对人可友好了。"斯哥特说，"我们一去牛棚喂料，它就摇摇晃晃地走到门口来，让我们挠挠它的大脑袋，然后才离开，一点也不躲着人。"

一天下午，詹妮芙刚从学校的班车上下来，便在门前的车道上边跑边上气不接下气地兴冲冲地嚷嚷着："妈妈，今天英语课上我们学荷马史诗《奥德赛》，里面有个独眼巨人的故事，他叫赛克洛泼斯。我们就给它起这个漂亮的名字怎么样？"

于是这个绝无仅有的小牛就成了独眼牛——赛克洛泼斯，成了另一个

"农场里的宝贝"。它好像是恳求我的几个小孩子与它做游戏。他们通常玩的是捉迷藏。孩子们用布蒙上它的眼睛，然后跑到拖拉机轮子后面或藏到装卸机的前面。独眼牛四处找着，磕磕绊绊地直摔跟头，可它就是要找到他们才肯罢休。

很残忍是吗？但我看不是。因为每次回报给它的要么是一个热烈的拥抱，要么是一块糖果或一盘美食。出于感激，它总是舔舔他们的小手，或粉红的小脸蛋。这时孩子就会大声地喊道："看啊，妈妈，独眼牛跟我多好！"

时间一长，我们注意到有些动物已把它当做了亲密无间的伙伴。冬天，小猫靠着它背上的驼峰蜷成一团；夏天，小鸡、小狗们躲到它的阴影下找凉。

它最好的朋友是奥姆利特——一只在孵化器里孵出的小鸡。它们俩第一次打交道时，独眼牛正打着盹。奥姆利特出生不到一周，还没有牛的鼻孔大。它一看到油黑闪亮的牛鼻上淌下的汗珠，便开始啄了起来。那感觉一定是痒得难受，独眼牛打了个大大的喷嚏，一下子把小鸡吹出老远。可小鸡大着胆子，义无反顾地一次又一次折回来，到底跳上了独眼牛的脸上，一路啄下去，直啄到牛角那儿。

独眼牛的牛角不是朝外向上长，而是杂乱无章地扭结在一起。因此那里就成了跳蚤、苍蝇的栖息之地，这对任何牛来说都无异于一场灾难。

奥姆利特不一会儿就发现了牛角下的盛宴。等到夏天快结束时，我们看到不光是奥姆利特，就是长大的火鸡都常常栖在独眼牛的牛角上头，对着里面隐藏起来的美味一连啄上几个小时。最后，我们这头长相奇特的公牛发现，这个小同伴不仅给它带来舒适的感受，更成了它不可缺少的朋友。

然而，独眼牛的怪样子仍旧遭到排斥。在它出生的头两年，没有一头公牛，母牛或小牛能容忍它的存在。

在圣诞节来临前的夜晚，孩子们刚把圣诞树装饰完，我就听见有个女儿在那里说："我希望母牛们对独眼牛不再瞧不起。"大家伙儿都沉默了片刻。之后斯哥特说："咱们给它点上灯！"不一会儿他拿着装点圣诞树剩下的一串灯走出屋门，谁也不知道他要干什么。女孩子们陆续跟着他走出去。很快就听到后院传来一阵悦耳的笑声。我打开窗帘。

就像镶在皇冠上的宝石，节日的彩灯在独眼牛头上快活地闪耀着。斯哥特已把一小包电池连到缠在牛角上的电线上。出于好奇的本性，母牛们慢慢地，一个接一个地向孤独的独眼牛靠拢过来，很快它被围在了中央。

"它们开始接近它了！"贝基尖叫着说，"它觉得自己有朋友了。"

回到屋里，5岁的杰米向我汇报："它在笑呢，因为它们都喜欢它了。"

独眼牛长到3岁时，我们开始避免谈论有关它的话题，因为它在农场里已毫无用处，比尔又饲养了几头纯种的赫里福牛。我们为什么要浪费时间和金钱，来养活这么一个上天错铸的可悲的牲畜呢？它甚至没有能力繁殖后代。养活独眼牛的花费已经越来越高，现在一个月它就要吃掉将近一吨的干草，体重也长到了1700磅。它还有什么用处呢？

春天是它们交配的季节。公牛们被赶到指定的牧场上，与特种母牛交配。有20头小母牛被圈在房子旁边的一块地里，比尔打算对它们人工受精，除此之外，其余的都要到草场上交配。

观测母牛是否发情大概是人工受精过程里最费时、最磨人的活了。通常要花上好几个小时来观察母牛的动作信号，看看它们是否做好受精的准备。

独眼牛不能再随便地走来走去了。公牛们把它当做是个威胁，奶牛们看到它胆敢靠近小母牛，就会对它发起进攻。它的活动范围被限定在畜栏里。由于孤单，它开始变得狂躁起来。它高声号叫着，直到尖锐的叫声慢慢变成了低低的呜咽。最后，它开始拒绝进食。

"它要死了。"我对比尔说。

"大概到我们把它交给上帝的时候了。"比尔说。

但是独眼牛的求生意识占了上风，它又开始吃东西了。

几个月过去了，20头母牛中只有两头到了发情期。这时我们发现独眼牛停止来回走动，而是隔着畜栏的栏杆长时间地盯着一头年轻的母牛。它们俩你应我答地互唤了好几个小时。比尔说："我怀疑，这个可怜的家伙身上是不是有些东西我们还没弄懂？"

"那就把它松开，放出来。"斯歌特说，"反正它也不能配种，坏不了什么事儿。"

我们打开栏门，独眼牛喷出大大的响鼻，东倒西歪地冲向草场。没有

什么东西能够阻挡它,它朝着自己的目标奔过去。它高声吼着,它被这一幕惊呆了。它小心翼翼地靠上前去,歪着头,用它柔软的牛唇在母牛的脖子上温柔地来回摩擦。最后母牛终于允许它把头靠在自己的肩上。我们明白这是它准备与之交配了。

我时常觉得奇怪,为什么我们没有早一点儿想到,在这个性情温和的动物的内心里,也许会隐藏着我们人类所难以了解的奇特的感受呢?

在以后的两年里,独眼牛成了牧场上的"发情期观察员",它总能替我们发现每一头到了发情期的母牛。第一年,母牛的妊娠率是百分之九十八,到了第二年就达到了百分之百。我们这头养在家里的独眼牛也不再孤单了。

独眼牛死的时候只有四岁半。我们是在它最喜欢待的树阴下发现它的。它看上去和平时没有什么太大的不同,只是心脏停止了跳动。我跪下来,手指滑过它的脖子,我感觉喉咙里被东西堵住了。我看看孩子们,他们也都哭了。猛然间,我一下子意识到,这头不同寻常的牛不断地渴望别人给予它真诚的爱,它已在我们所有人的内心里,唤醒了一种对那些比我们不幸的生灵所产生的更为深切的同情和理解。

独眼牛只在外表上与众不同,内心里却与世上的一切生灵一样,珍爱生命,热爱生活。它爱我们,我们也同样爱它。

天下爱分许多种，但最无私的只有母爱，也只有母爱而已。

一则故事 改变一生

母爱无价

◎高毅默

"那一次，我情不自禁地收起了猎枪，拽住黑子。"一辈子靠打猎为生的祖父，年老时总喜欢对人们讲述他此生唯独一次放生的故事。

在大雪封山的冬天，祖父担心小猎犬黑子憋在家中太久，开春会失去野性。于是那天一大早他便背起猎枪，带着小猎犬黑子出来"放风"，打算趁机捞取些猎物。

那天让祖父很失望，过了晌午也没见到一只出来觅食的动物。正在他准备收工回家的时候，突然从山林里蹿出一只肥大的雪兔。随着"砰"的一声枪响，黑子欢快地跑了过去，用嘴叼起被击毙的雪兔。

忽然，祖父发现雪兔的后面还紧跟着一只老狼。由于受到枪声的惊吓，老狼又缩回林子，躲在一棵大树背后，两只眼睛像钉子钉进了木板似的，用贪婪而凶狠的目光死死地盯着雪兔。这时，黑子也发现了敌情，丢下雪兔转身径直奔向那只老狼，发起了进攻。

这是一只瘦得皮包骨头的母狼，肚子瘦得几乎只隔一层皮，身上的肋骨历历可数，乳头皱巴巴地朝下吊着，好像已经皲裂。凭祖父的经验，他一眼就看出这是一只哺乳期的母狼，已经很长很长时间没有吞食猎物了。

尽管老狼瘦弱不堪，但黑子仍不是它的对手。没用几个回合，黑子已被逼退很远。这时，母狼突然一个转身，奔向那只雪兔。看来，它并不恋战，仅仅是想夺回本该属于它的猎物。瞅准了机会，祖父向老狼开了一枪，子弹射进了它干瘪的腹腔。带着伤，母狼向森林深处迅速逃窜。

不愿善罢甘休的祖父带着黑子，顺着雪地上的血迹和老狼的脚印，很

快便找到了它的"家"——藏身的洞穴。

很远，祖父便听到了母狼和狼崽的哀号。为了确保万无一失，祖父叫停了黑子，选择一个能够看清洞里情况的地方停了下来。母狼已经意识到了危险，朝祖父望了望，转过身，把幼崽全部赶到了洞穴的深处。尔后，母狼走到洞口，竭力用自己的身体把穴口掩实。

说到这儿，祖父强调："这只母狼既没有决一死战的意思，也没有弃洞而逃的想法。它只是竭尽全力用自己的肉身把洞口堵得严严实实，让人一看就知道，它只是希望用自己的身体挡住枪子儿，保护小狼不受伤害。"

母狼竭尽全力挺起身体，确保洞口被堵得密不透风。尽管这样会使它腹部的伤口撕裂程度迅速加剧，鲜血像水一样汩汩流淌。但是自始至终，母狼一直都没有放弃堵住洞口的意思。直到最后，母狼因体力不支，身体逐渐缩成一团，瘫倒在洞口，它也没有改变主意。

祖父被母狼悲壮的神情和誓死保护幼崽的举动感动了。他收起了猎枪，紧紧地拽住想发动进攻的黑子。

祖父叹口气，刚刚转过身来往回走，突然听到了母狼几声悲痛的嗥叫。转过头去，祖父看见母狼使出全身力气，毫不犹豫地一头撞向了洞口那突兀的石尖上，脑浆和着鲜血染红了岩石和一大片雪地。

叙述到这里，祖父顿一顿，用低沉的语调充满深情地说："开始，我也闹不明白这只老狼为什么要自绝于小狼面前。后来，我发现那些悲伤而又饥饿的小狼撕扯自己母亲的肉体时，方才恍然大悟。"原来，狼的家族有着这样的习性——同伴死去之后，他们会分而食之。

母狼之所以义无反顾地一头撞死在幼崽面前，就是在万般无奈之际为了让自己的"儿女"饱餐一顿。这是世界上多么悲壮的一幕呀！

淡看世事去如烟，铭记恩情存如血。

一则故事 改变一生

流泪的鳄鱼

◎佚 名

　　我是南美茂密丛林中这片流域的霸主，一条足够强大的鳄鱼，我为什么要哭呢？我经常在暗夜醒来，从同一个梦魇中惊醒。在梦里，我是孱弱的，双眼乏力无神，四肢不能活动自如。

　　我刚出生不久，跟着母亲慢慢游走在湿地的边缘。是一个早晨，我清楚地记得，溪水在阳光的照耀下闪闪发亮，又凉又软地冲刷过我的身体。四周静谧祥和，我有些陶醉。

　　我是妈妈最小的孩子，她给我食物，带我游玩。但是她从不微笑。偶尔眼里会有温柔的眼光溢出，那样使得她的眼睛看上去很美，但温柔是一闪而过的。她说，在这个世界上，有一个词语叫弱肉强食，有一种定律叫适者生存。所以不能当一个弱者。

　　那个早晨我们遭到袭击，在溪流转弯的地方，母亲叫我向前走。她严厉地命令我，很突然的。我听话，向前。鹅卵石划过我的肚皮，有些疼痛。我不想走，停下来，回头看母亲。这时候我发现她在转身，撤退。我不明白，连忙掉转身体，想去追赶她。突然，我被拦腰叼起。有锋利的牙，刺进我尚未坚硬的皮。我挣扎着，用尾巴拍打水面。母亲回头看我，眼里满是决绝。我突然想起她说过的一句话，在我们鳄鱼家族里，为了自己的生命，孩子都可以放弃。

　　我的眼泪汹涌而出。母亲……母亲！

　　这片丛林的又一强者是美洲豹。他们姿态优雅，牙齿锋利，经常在清晨觅食。有时候一条小鳄鱼，就是他们美味的早餐。

捕获我的，是一只母豹。我不害怕，从母亲回头走掉的那一刻开始，我就不再害怕了。当母豹把我扔到她的孩子面前时，我居然有点喜欢她了。我的母亲也给过我食物，但是她从没有这样温情过。

她舔她的孩子，叫他吃早饭，语气温柔。然后她和她的孩子一起走向我。是一只幼年的公豹，额头上有奇特的花纹，像八只角的太阳。他走进我，看我。我心里想。你吃吧，你多幸福，有爱你的母亲，我什么都没有，宁愿死掉。他看看我，突然回头问他母亲：她这么小，她的妈妈呢？然后很突然地，把我扔回了水里。他依偎在母亲身旁，看我漂走。

我没有回到母亲身边，漂泊到另一个流域。我迅速地成长，自己捕获食物，自己保护自己。只是我会经常做梦，梦里全是母亲抛弃我的那个早晨。梦里开始总是比较美，然后画面更迭，悲伤重重。醒来的时候我问自己，为什么你会是鳄鱼？

我终于成年，皮质够坚硬，眼神够刚毅，心肠够狠毒。我成了这个流域的霸主。我也有自己的孩子，我努力做一个好母亲。我疼爱他们，保护他们，我想危险到来的时候，我不会为了保全自己而放弃他们。

丛林里传说，鳄鱼家族里有一个好母亲。我的孩子们，都为此骄傲。

有天夜里我从噩梦中惊醒，看见了火红的光。我叫醒孩子，带他们离开。是的，这里就要被毁灭。我早听说，20公里外的丛林成了灰烬，而200公里外的丛林种了玉米。

我们走了很久，回到了我曾生活过的地方。然而这里也快没有食物了，很多动物都跑到更深的丛林去了。有两天，我们没有发现任何活的动物。

一个清晨，我带着最小的孩子出去觅食。很不幸地，他被一只美洲豹捕获，就在我的眼前。我快步冲上前去，我要救回我的孩子。

我冲上去，想用尾巴扫那只豹时，突然看到了他额头上的八角太阳。他那样瘦弱，肚皮凹进去，看来已经很久没有进食。我想如果他再没有食物，就会死去。而我，有那么多孩子。没有他，就没有我们。我犹豫了很久，终于转身离去。到了拐角处我回头，我看不清眼前的所有，因为我的眼里，满是泪水。

丛林物语

在想保护最珍贵的东西的时候，谁都会成为真正的强者。

羊与狼的定律

◎黄 毅

已经是冬天的第九场雪，从9月底就开始飘飞的雪，如今仍然没有停息。过去，只在山里飞飞落落，从一个山头掠向另一个山头，如今，它已飞遍整个世界。

雪使那些羊忽然没有了绿草。也断了狼的许多念头，作为草原食物链中最重要的一环，狼回到原来的位置。从众多的食物来源中涌现出来的羊，只能成为狼此刻的衣食父母。

雪是致命的，绵绵不断的雪，增加了羊的绝望。

在雪地里，人会患上雪盲，可能丧失理智。在第九场雪到来时，羊们都患上了雪癔。这是羊的一种精神病变，它们不再进食，目光散淡，咩声刚一出嘴，便被风驱散。更主要的是，羊群显得六神无主，或站或卧，一种不祥而恐惧的气氛，牢牢地笼罩着这群羊。

牧人们更是束手无策，请来的兽医根本搞不懂是怎么回事。面对着精饲料，羊们漠然无视，牧人只有祈祷苍天，让安拉保佑他们的羊群。

陷入白色恐怖中的羊们，实际上陷入了一种无我无物的大境界，现在一切都停止了，没有愿望，也没有欲求，一副随遇而安，任人宰割的样子，羊能活到这份儿上，也算大智慧了。

狼就是在这个时候出现的。

关于狼和羊的故事，千百年来，流传的只有一种版本：就是狼如何凶狠，如何狡诈，羊又是如何善良，如何柔弱，如何不堪一击。

在狼和羊的所有交往中，羊显然是以受屠戮的面目出现的，从来没有听说哪一只羊打败过一匹狼，羊头上的两只犄角，从来没有吓退过一匹狼的进攻。只听过虎口脱险，谁听过狼口逃生？

羊的存在，为狼提供了一次次证明机会：狼的野性，因为羊的存在，而越发生机勃勃。

天极黑，伸手不见五指，只有狼眼闪烁如寒星。峡谷之风掠过，羊的柔弱不能引起狼的怜悯，而是更加激起狼的兽性。狼扑进羊群，有血的甜味弥漫开来，有皮肉撕裂的钝响此起彼伏。

这仅仅是一瞬间的事情。羊群忽然开始骚乱，仿佛大梦猛醒，或者被点的穴道突然解开，羊群左奔右突，犄角锋利无比，在狼的面前呼呼划着弧线……

这时，牧羊人的猎枪恰到好处地轰响，狼用利齿咬着那些挣扎的肥羊，落荒而逃。

这是草原上最常见的狼对羊的突袭，令牧人大惑不解的是，经过狼的扑杀，羊的雪癔忽然不治而愈。清点羊群，少了五、六只肥羊，小小的牺牲，却换来了羊群的健康。

丛林物语

149

成败不是永恒的，而是可以转化的。

一则故事 改变一生

战 胜

◎牟丕志

老鼠是山神的宠物，它向山神要求下凡当一名普通的动物。

山神说：在动物世界中，大象是最强大的，你下凡后，必须战胜大象，你才有资格回到我身边，否则，你就永远留在动物世界吧。

老鼠答应了山神的条件。

但老鼠一来到动物界，便感到，它向山神的承诺是轻率的。因为，它到动物界后，发现自己是一种又小又弱的小动物，要战胜大象那简直是天方夜谭，它后悔了。

但它还是决定试一试。它想，自己要是从大象的长鼻子中钻进去，用身体堵住大象的气管，不让它喘气，大概会迫使它认输。

这天，它趁大象吃树枝之机，悄悄地钻进大象的鼻子中，准备实施它的计划。不料，刚进去一小段路程，大象觉得奇痒，便猛地打了一个喷嚏，老鼠只听到一声巨大的轰响，它便觉得天旋地转，就像炮弹一样射向高空，半天才掉在地上，摔得它浑身上下像碎了一样痛。它这一下可知道大象的厉害了。

大象由此也恨透了老鼠。心想，这老鼠长得小，胃口可不小，它竟然想打我大象的主意，真可恶。于是，一见到老鼠，大象就用它那大脚踩老鼠，老鼠险些丧命。

此后很久，老鼠总是远远地躲开大象。它不想自讨苦吃。

可天有不测风云。一天，大象落入了猎人设下的巨网中。它挣扎了很久，全身一点力气也没有了。它在等死。老鼠想，这真是天赐良机，大象

现在已毫无抵抗能力，只要我在它的要害部位挖几个洞，它就会没命了。我不就战胜大象了吗？

然而，老鼠是善良的。它看到大象可怜的样子，它不忍下手。它的良心告诉它，应该救大象。于是，它开始用它锋利的牙齿咬网和绳子，不知过了多久，那张巨网出现了一个大缺口，大象猛地一用力，它终于从巨网中钻了出来。大象得救了。从这件关键的事情中，大象看到了老鼠可贵的心灵，它决定同老鼠结下友谊，当然，老鼠也愿意交大象这个仁厚的朋友。于是，老鼠和大象化干戈为玉帛。

不久，山神找到了老鼠，它向老鼠祝贺，说它已经战胜了大象。

老鼠说："我还没有战胜大象呢。这大概是不可能了。"

山神说："老鼠，你已经战胜了大象。你将你的对手变成了朋友。难道世界上还有比这更完美的战胜吗？"

在生活中，在追求中，实在不该把精力浪费在无谓的竞争中，反而使自己失去一些原本可能得到的成果。

与老虎竞争的猴子

◎王广田

猴子发现老虎向山上走去，心想，山上一定有鲜美的桃林，否则，老虎就不会离开家园，不辞辛苦地向山上爬的。

猴子抄近路，飞一般地抢在老虎的前面。翻过一座山后，果然有一片桃林出现在眼前。猴子怕老虎跟上来与它争吃桃子，赶快爬到树上，抓着树枝把桃子全摇落下来，然后转移到草丛中。

猴子躲藏在一旁的大树后面偷偷观察着老虎的行动。而老虎从这里经过时仍是一步一个脚印地走着。猴子的心中又暗暗嘀咕起来：前面一定有更美好的桃林，要不，老虎还会继续前行么？

猴子又抄近路，飞一般地抢在老虎前面，果然，又一片更大更好的桃林出现在它的眼前。它赶快摇落了树上的桃子，藏在草丛中……

老虎仍然一步一步地走着自己的路。在一座四周极开阔的山头上，老虎停了下来。它四下张望，山上山下所有的动物的活动情况都尽收眼底。它选准了自己要猎取的目标、角度、时机，一股风暴般地扑了下去……

这时，躲在不远处偷看的猴子才明白：原来老虎所要寻找的并不是桃子。因此，猴子赶快顺着原路向回跑，可是，那藏在草丛中的一堆堆桃子已被蚂蚁、虫子糟蹋得不成样子，有的已被别的动物搬走了，有的已被雨水腐烂了。

在生活中，在追求中，实在不该把精力浪费在无谓的竞争中，反而使自己失去一些原本可能得到的成果。